ハヤカワ文庫SF
〈SF2425〉

宇宙英雄ローダン・シリーズ〈701〉

廃墟の王

アルント・エルマー&H・G・エーヴェルス
若松宣子・林 啓子訳

早川書房
9001

PERRY RHODAN
HERR DER TRÜMMER
DIE DRACHENWELT
by

Arndt Ellmer
H. G. Ewers

Translated by
Noriko Wakamatsu & Keiko Hayashi
First published 2023 in Japan by
HAYAKAWA PUBLISHING, INC.
This book is published in Japan by
arrangement with
PABEL-MOEWIG VERLAG KG
through JAPAN UNI AGENCY, INC., TOKYO.

目次

廃墟の王

廃墟の王

アルント・エルマー
若松宣子訳

登場人物

ペリー・ローダン……………………テラナー。銀河系船団最高指揮官
アトラン……………………………アルコン人
グンドゥラ・ジャマル……………《カシオペア》船長
ランドルフ・ラモン………………同副長
ハロルド・ナイマン………………同格納庫チーフ。搭載艇艇長
ノーマン・スペック………………同言語学者
ガリバー・スモッグ………………同異生物学者
ナジャ・ヘマタ……………………同通信士
ティリィ・チュンズ………………同探査担当。ブルー族
ドル・ハラン………………………カルタン人。《マアシェル》指揮官

1

男は十四の光り輝きながら舞う球にかこまれて浮遊していた。球は膨張し、かれを脅したが、ふたたび退き、じゃまをしなくなった。球の望みはなにかたずねたかったが、口がしばられているかのようで、息をするのもつらい。

これは惑星チャットゥに暮らすハウリ人の親戚種族、コラの民が讃美する光の現象だ！　という考えがひらめいた。現象の正体がわかると、かれの心はおちついた。呼吸は一定の速度をたもち安定していたが、いまも言葉はまるで出てこない。

突然、ぎらつくような閃光がまっすぐ向かってきて、かれの脳に侵入した。刺すような痛みに襲われ、悲鳴をあげ……目をさました。

ノーマン・スペックはぎょっとして、バランスを失った。わきにたおれ、両手でからだを支える。てのひらにやわらかいかけ布団を感じ、自分がどこにいるのか、意識がゆっくりもどってきた。口を開き、ひび割れた唇に舌をはわせる。

「光！」かれはつぶやいた。キャビンのサーボが声を聞きつけ、かれの声を認識し、照明をつけた。

　スペックはベッドにすわり、しわだらけのシーツと枕の黒い染みを黙って見つめた。ひどく汗をかきすぎたせいで、枕が水分を完全に吸収しきれていないのだ。テラナーは両手をパジャマでこすると、足を曲げ、横を向いてベッドのはしから足をおろした。

　夢だったのだ。夢に驚いただけだ。ドリフェル・ショックに襲われたあの奇妙な瞬間のあと、これがはじめて見た夢ではない。実際に起こった出来事と、それがかれ個人にもたらす結果とがわかったことで、この夢を見るようになったのだが、こうしてまとわりついてくる夢から逃れるすべをかれは知らなかった。

　キャビンで物音がして、深いもの思いから現実に引きもどされた。

「だれかいるのか？」かれは大声で呼びかけた。「わたしはベッドにいる。休憩時間はまだ一時間のこっている！」

　インターカムの時刻をすばやく確認して、早く起きすぎたことに気づいた。開いたドアのところに影があらわれた。金属的に輝く頭についた赤いレンズがかれを見つめる。ロボットが入ってきて立ちどまった。

「こちらのサーボから医療ステーションに連絡がありました」ロボットが告げた。「わたしはTX1＝プロッツェン。医療面のつき添いのため割り当てられました」

「どうも。だが、つき添いはいらない。わたしは健康だ」

スペックは立ちあがり、洗面室に向かった。頭を切り替えてシャワーを浴びれば気分もよくなり、問題もかたづくだろう。

「そうは思えません、ノーマン・スペック。データはいまのお話とは異なっています」

ロボットはその場から動こうとしなかった。首だけをまわし、レンズでテラナーの動きを追っている。

「わたしについて、いったいなにを知っている？」ノーマンは立ちどまり、人類のかたちをしたNGZ五世紀の物体を見つめた。

「あなたはノーマン・スペック、言語学者でアマチュアの考古学者です。三十八歳で身長百八十センチメートル。タルカン宇宙の過去と言語について研究するためだけに、タルカン遠征隊にくわわりました。そして目的を遂行していましたが、その後、未来にはじき飛ばされてしまいました」

「で？」スペックはロボットに向かってどなりつけるようにいった。「それがわたしにどう関係している？」

「自責の念に囚《とら》われているのですか？　あなたは奥様とふたりの息子さんを過去にのこしてきました！　そのことでご自分を責めているのですね！」

テラナーは蒼白になった。からだがふらつき、つかまるものを探す。ロボットは前傾姿勢になった。重力調整装置が音を立てはじめ、ロボットはスペックを支えた。

「あなたは時間跳躍トラウマに苦しんでいます」ロボットは説明した。「ですから、わたしが派遣されたのです。しばらくあなたを観察し、あなたの行動について意見を述べさせていただきます。かまいませんね？」

「考えてみる、ＴＸ１＝プロッツェン。もう、はなしていい。おちついた」

ロボットは腕を引き、自身のからだを垂直にもどした。そしてテラナーが洗面室にはいるまで待ち、向きをかえると足音をたててキャビンにはいり、唯一なにもない角で待機姿勢をとった。

ノーマン・スペックはシャワーをたっぷり浴びた。ロボットの言葉で、自分の身に起きた出来ごとを容赦なく突きつけられた。反論はしたが、診断が正しいこともわかっていた。突然、六百九十五年先の未来に飛ばされて、この世界では妻も息子たちももはや生きておらず、子孫がいたとしても、その者たちにはかれの記憶はない。この苦い現実を意識することによって引き起こされるトラウマに苦しんでいた。そのため個人的なつき添いの医療ロボットが配属されるのは重要な処置だと認めるしかなかった。

シャワーの湯をとめ、温風乾燥機のスイッチを入れる。五分後、洗面室を出て、清潔な下着を探し、タルカン遠征隊にレジナルド・ブルの《シマロン》とニッキ・フリッケルの《ソロン》が加わった、ペリー・ローダン指揮下の銀河系船団の標準装備であるライトグリーンのコンビネーションをすばやく着用した。最後にキャビンのすみにたたずむロボットを一瞥《いちべつ》して呼びかける。

「おまえならわたしがどこにいるかはわかるだろう。業務のあとに、またここにもどってくる！」

　ロボットは返事をしたが、すでにノーマン・スペックは外の通廊に出ていて、そばにある反重力装置に急いでいた。《カシオペア》の司令室にとにかく早く向かいたかった。

*

　これまでとは異なるところがあった。艦船の各乗員の話し方が違う。慣用句や遠まわしな言葉でいい逃れをするのだ。いらいらさせるような皮肉で逃げる者もいれば、そもそもまったく触れないか、言葉をわずかしか発しない者もいた。このショックを平然と受けとめている者はほとんどいなかった。だれもが各々のかたちで苦しんでいた。過去の世界に家族や親類、友をのこしてきている。そしてその者たちは何世紀も前に死んでいるにちがいないのだ。

　はりつめて麻痺したような空気がひろがっていて、船団の心理学者たちは、この状態が一部でもやわらぐのは、今後、自分たちがいた時代の者たちや施設とコンタクトすることに成功したときだろうといっていた。

局部銀河群にのこった者たちには細胞活性装置保持者もいた。この数時間ほど、かれらの名前が口にのぼったことはこれまでになかった。各艦の乗員のあいだでかわされるどんな会話でも話題になった。ジェフリー・アベル・ワリンジャー、ロワ・ダントン、ロナルド・テケナー、そのほか全員について語られた。さらにもちろん、自分の故郷や、人類がもっとも信頼するパートナー、地球の月のネーサンについても。

ただし、そのすぐ背後にあるものについては、もはやだれも口にしなかった。ドリフェル・ショックで、タルカンと死にゆく宇宙に関わるすべてのものに沈黙の幕がかけられたかのようだった。

船内はどこも、この緊張と不安がひろがっていて、影響のないところはなかった。

ノーマン・スペックが司令室に入ると、ガリバー・スモッグが待っていた。反重力装置の出入口のすぐわきに立ち、まゆをつりあげて友を迎える。

「ずいぶん早いな」ぶつぶついうと、友の肩をたたいて挨拶した。「待ちきれなかったのか?」

スペックはすぐには返事をしなかった。周囲を見まわし、司令室にだれがいるのか確認していく。操縦席にはグンドゥラ・ジャマルがすわっていた。かつての女ハンザ・スペシャリストがこの球型船を厳格に指揮している。その態度は独善的で大げさだといわれ、〝鉄のグンディ〟と呼ばれていた。しかし、目下、みなが心に不安をかかえているこのとき、彼女はしずかな極として全乗員に受け入れられていた。となりには、格納庫チーフで搭載艇艇長のハロルド・ナイマンが立っている。ナジャ・ヘマタは通信をチェックし、何度か会議のために接続を設定していた。さらにその背後には、ティリィ・チュンズの長身瘦軀《そうく》があった。この場で唯一の非テラナーのティリィ・チュンズは、探知作業に勤《いそ》しんでいた。

　スクリーンには、メタグラヴ航行のさいに特徴的な明滅が生じていた。

「よけいなお世話だ」スペックは異生物学者に向かって大声でいった。「わたしはやりたいようにする！」

「わかった、もういい、ノーマン！」体重二百二十ポンド、身長百九十五センチメートルのテラナーは、鎌のようなかたちをした髪をなでた。この髪型とアスリート選手のような体型から、〝エルトルス人〟と呼ばれている。「医療センターから、きみについて報告があったことを、ちょっといっておきたかったんだ」

　あばたづらをゆがめ、すまなそうににやりとする。ノーマン・スペックはなにも返事をしなかった。

「これから六時間ほど、手があいているんでね」スモッグは話題を変えた。「なにか任務をまかされそうなんだ」

そういうとスペックを注意深く見つめ、見おろしながらその肩をつかんだ。

「いっしょに武器管制スタンドにきてくれ」うなるようにいう。「きみにも任務をあたえよう。ここでぼんやりしていてほしくない！」

そのまま武器管制スタンドのある司令室の奥へ引っ張っていく。〝エルトルス人〟は異生物学者として働くだけでなく、《カシオペア》の砲手も担当しているのだ。

「ここでなにをしろと？　だいたい、武力で争う衝突なんてないだろう！」スペックは鋼《はがね》のような手から逃れようと身をくねらせた。

「いまはないといっても、今後はあるかもしれない。これまでの航行がどれだけ危険だったか忘れたのか？　いずれ敵と接触する可能性があるのだから、万一のために準備しておいたほうがいい。自動照準器をつかわないときの、トランスフォーム砲の操作方法を教えよう」

かれはノーマン・スペックをシートに押しこむと、友にもっとも重要なコードとコマンドを伝えた。それはシントロニクスのあらゆる記憶装置を使用するのに慣れていたスペックにとっては、まったくむずかしい作業ではなかった。敵がこちらの技術水準を認識し、ロボットや自動的な機械による砲撃に対処する準備をしている場合、いま教わった砲台の操作は役に立つはずだ。型にはまらない戦術で敵に打撃をあたえ、戦いの決着をつけようとするこの方法は、これまで何度も勝敗を決めてきたし、今後も役立つにちがいない。

　このとき信号がはいり、両名の注意が作業からそらされた。この船、そして船団全体が通常空間に急速にもどろうとしていた。スクリーンには、はるか彼方の乳白色の銀河の斑点がうつしだされた。そこに故郷銀河もあるはずだ。この光景は見る者の憧憬《しょうけい》をかきたてた。思考がそれはじめ、現在の問題や懸念が大きく感じられたが、五秒もしないうちに《シマロン》からインパルスが発せられ、警報段階レッドが表示されたため、その思いもかき消された。スクリーンに映像があらわれ、見間違えようのないグレイの瞳と真剣な表情をした顔がうつしだされた。

「船団の全部隊へ」ペリー・ローダンは告げた。「戦闘態勢にはいる。十分以内に実行せよ！」

　〝エルトルス人〟の輝くような瞳がノーマン・スペックの視線とぶつかった。

「ほら」砲手はいった。「ちゃんと考えてくれてるみたいだぞ、われらがペリー・ローダンが！」

2

この数分間、すべての目が、司令官席のうしろにある記録装置の前に立って十三隻からの通常通信を受けている男に向けられていた。ようやく《ハーモニー》からの連絡もはいった。長距離航行時の慣例どおり、サラアム・シインの小型船は《カルミナ》の表面に係留され、防御バリアにつつまれている。

　ペリー・ローダンが親しげな微笑を浮かべてオファラーの言葉を受けとめると、シントロニクスは通信をしずかに切った。数分間、《シマロン》内部に静寂がひろがり、この沈黙のなかでペリー・ローダンとその友たちはあらためて、その過程と理由について考えをめぐらせていた。ドリフェル・ショックで生じた停滞フィールドで六百九十五年先の未来に飛ばされた。これまで知っていた宙域が完全に変化した世界にいることを考慮しなくてはならない。六百九十五年のあいだに多くのことが起こった可能性があり、ハンガイ銀河の惑星チャットゥで味わった経験から、最悪の事態も恐れていた。コラ人は銀河系船団の十四隻の船を天の光として崇拝していたが、それは船が六百九十五年のあいだ、惑星の空で星として見えていたのに、突然それが姿を消したからだった。船の乗員にとって、それが起こったのはほんの数秒の出来ごとだった。それより前にドリフェル・カプセルは姿を消し、ベネカー・ヴリングも謎めいた言葉を発したあと姿を消していた。かれは言葉を最後までいいきることはできなかった。実際の出来ごとについては、アンブッシュ・サトーによる超現実主義の力をかりて判断するしかなかった。

ドリフェルの終焉《しゅうえん》はなにを意味するのか？　ふたつの超越知性体〝それ〟と〝エスタルトゥ〟、その力の集合体、さらにヘクサメロンとタルカン宇宙にどのような結果がもたらされたのか？　三角座銀河やろ座はどうなっているのか、アンドロメダ銀河のマークス、故郷銀河の種族たちは？　局部銀河群にのこった友たちのほかに、これらについてくわしく知る者はいるだろうか？

まもなく、そのうちのだれかに遭遇するだろう。すくなくともそれを願い、いまだした警報段階が不要であることを願った。あの停滞フィールドに捕まってしまったハイパー空間飛行で、六百九十五年前の時空からきりはなされてしまった。これまで使っていた魔法の座標は失われた。そこからタルカンへの遠征隊がスタートし、《バジス》の所在地でもあるXドア宙域の座標は失われてしまったのだ。

しかし、タルカン宇宙、この名にいまとなってはどんな意味があるのか！　この死にゆく宇宙から帰還してまだ数日しかたっていないのに、その名が奇妙に感じられる。そこでの体験は夢のなかの出来ごとのようだ。

だがそれは現実だった。通常宇宙内のハンガイ銀河の存在と、ハウリ人との最初のコンタクトがそれを証明している。それはパラ現実ではなく、まぎれもない現実だった。《カルミナ》から到着したアルコン人のアトランがローダンのわきにならんだ。短期間別行動をとっていたが、長年の仲間により添い、決定的な瞬間に友を支えるためにやってきたのだ。

「きっと、なにもかもうまくいく」かれはいった。「すぐにわかるさ。あのとき《バジス》にわれわれの帰還を伝えるため、《アウリガ》をXドア宙域に送ったことをおぼえているだろう？　当時、われわれはそこに到達できなかった。《バジス》がもはやその位置にいないとしても、ほとんどありえないかもしれないが、《バジス》かわれわれの伝令船が、宇宙ブイをのこしている可能性がある」

「おぼえています」ローダンはうなずいた。その目は笑っていたが、口元には皮肉の色が浮かんでいた。「結局のところ、ほんの数日前のことですからね。《アウリガ》の乗員はもはやだれも生きていないだろうし、船ももう存在しないかもしれません。ですが、《バジス》は存在しているはず。それは確信しているのです。ダルギストの時代から、あの船を破壊できるような怪物はいませんでしたから。それでは、ジェフリー、この七世紀でどれだけすぐれた発明をきみがしたのか、見せてもらおうじゃないか」

出入口の上の表示はNGZ一一四三年三月十八日をしめしていた。クロノメーターを見るたびに信じられないという思いと驚きの念が生じ、つづいてしずかにがまん強く現実を受け入れるしかないという思いがひろがる。

自分たちを待っているというのは疑いようもない。ただ、どこで待っているのか、その場所がわからない。《バジス》がもはやXドア宙域に待機していないのなら、コスミック・バザールのロストックや、ほかの七強者のかつての播種船の出現を待ち望むしかない。

ローダンはしばし目を閉じた。タルカン宇宙から自身の宇宙へ帰還するのに十三カ月を要し、このあいだにほぼ七百年を失った。七百年……かれにとっては短い時間だ。しかし、人類にとってはどうだろうか？　七百年間の不在は、かれらにとってどういう意味があっただろうか？

逡巡《しゅんじゅん》する思いを振りはらう。人類はとっくに成熟していて、かれがいなくてもうまくやっていた。それは過去が証明している。アトランの出自である古アルコン人とは異なり、人類は〝それ〟からあたえられた二万年という機会をより有効に使うだろうと、心の奥底から確信していた。

それに対して七百年という時間がもつ意味など些細《ささい》なものだ。

ペリー・ローダンはそう考えると同時に、この比較的短い期間でさえ、これまで築きあげてきたものがすべて破壊されるには充分ではないか、という思いにも駆られた。

長いあいだ慎重に避けていたことをした。かぶりを振って、グッキーを見やる。同時にメンタル・ブロックを開き、イルトに心を露《あらわ》にする。グッキーはしゃがんでいたシートから跳び降りた。いつものよちよち歩きでやってきて、テラナーの前に立った。両手を腰にあて、まばたきをしながら下から見あげる。

「いまでも、ぼかあ、あんたのことを立派だと思ってるよ」ひゅーっと口を鳴らす。声には楽しそうな響きがこもっていた。「あんたはいつも模範であろうとしている。自分がそばにいれば、まわりのみんなはまったく不安を感じる必要はないんだ、とでもいうようにふるまっている。だけど、自分自身は、これからどうなるかわからなくて、確信がない。それでも、ぼかあ、それでいいと思う。こんな状況じゃ、冷静な頭をもつ者がひとりは必要だかんね。故郷の惑星トラムプに誓って、ぼくの言葉に偽りはない！」

「つまり、ほかの連中はみんな、まともな思考ができなくなった、頭のおかしな者ばかりということか？」

レジナルド・ブルが《シマロン》の操縦士席から勢いよく立ちあがった。グッキーを怪物のように足ではらい、ネズミ＝ビーバーをちりぢりに引き裂かんとするかのごとく大きな手をひろげた。イルトは冷静にブリーに近づき、テレキネシスを軽く発揮して相手がそれ以上接近できないようにした。

「それをいったのは、あんただよ、でぶ。それについてはまたこんど話そう。わかっているだろうけど、タルカンへいきたかったぼくを乗せていってくれて、またメエコラーへもどしてくれたことは感謝してる。だけど、ぼくが話したかったのはそこじゃあないんだ。あんたの態度で、あるやつを思い出したんだよ、ブリー。イホ・トロトはどうしたんだろうって、考えてるんだ。まだM‐87にいると思う? それとも移住したかな?」

「ありがとう、ちび。緊張をいくらかでもやわらげようとしてくれているのだな」ローダンはグッキーに手を伸ばした。「だが、われわれはべつのことに注意を向けるべきだろう」

だれもはっきり意識しないうちに、小艦隊はふたたびハイパー空間に遷移していた。この最後の飛行航程が一時間弱つづいて、一時的な目的地に到達した。

最後の数分、数秒間は息をのむような緊張感をはらんでいた。《シマロン》司令部内の者だけでなく全員が、いまこそ最初の決断を下すべきときだと知っていた。もし《バジス》がまだもとの場所にいれば、すぐにあらゆる疑問に答えは出る。もしいなければ、探さなくてはならない。この宙域で見つからなければ、《バジス》はあらたな使命を得たということだ。そして、ほかの者がその任務を受け継いでいるはずだ。

ペリー・ローダンは操縦士席にすわっていた。主スクリーンを凝視したまま、目をそらさない。真実が判明するまでのこり数秒。過去と未来を決定する数秒だ。不死者として、このような状況を数多く経験してきたが、今回のような性質のものはなかった。いま目前にしているような、あらゆる可能性が手詰まりになったように感じられる、こんな時間跳躍ははじめてだ。

　次の瞬間、だれかがのこっているという見積もりは誤りだったとわかった。意識して楽観的に考えてきたが、心の奥底でいだいていた予感は、探知の結果が出た瞬間、真実だと証明された。局部銀河群の乳白色の斑点が接近していたが、実際の目的地にはあいかわらずなにもない。

「《バジス》はいない、なにも探知されない。なにもない」ブリーが陰気につぶやいた。「わたしは、いわなかったか？　われわれのことを待つ者はいないと。七百年という歳月はとにかく長すぎたのだ」

　Xドア宙域のどの部分でも、通信や探知の信号は受信できず、宇宙ビーコンも、報告を伝える宇宙ブイもない。この宙域にはなにもなかった。

「まったく、とんでもない結果ですね」ジュリアン・ティフラーがやってきて、ローダンの肩に手を置いた。「われわれ、全員がわかっていたことです。心の奥には宇宙的な直観的本能がひそんでいて、それが虫の知らせを感じさせることがあります。われわれはなにも発見できませんでした。このままわれわれの道を進みましょう！」

「だめだ！」ローダンは力強くかぶりを振り、左手で太ももをたたいた。「わたしには信じられない。どこかに手がかりがあるはず。ギャラクティカーにとってのハンガイ銀河の問題がかたづいたと本気で思っているのか？　コラ人をもう忘れたのか？　われわれが過去で見たような、ハウリ人の場合とは状況が異なっているのだ！」

「では、探索するつもりで？」

不死の両者はたがいにしっかり見つめあった。

「そうだ」ローダンは力強く応えた。「手札がなくなるまで」

*

かれらは未来における漂着者だった。それがいま明白になった。今後の運命は、みずからの手で切り開くしかない。ローダンは搭載艇をスタートさせ、Xドア宙域の全域を探索させた。表面的に観察するだけでは満足していなかったのだ。宇宙ブイは故障して信号を発せられなくなっていたら、船の遠距離探知では見落とす可能性がある。とくにエネルギーが切れていれば、なおさらだ。銀河系船団の帰還を信じる者がいなくなったら、ブイは置き去りにされ、しずかなメッセージを携えてどこかにひっかかっているかもしれない。

船内時間で二日二晩、かれはXドア宙域を調べさせ、あらゆる可能性を計算させた。

船のシントロニクスは、《バジス》やほかの銀河系船団を見つけるための最善の方法について見通しを探った。

結果はいまなお曖昧《あいまい》で、そのまま探索をつづけるほか決定打はなかった。

探索は星の帳《とばり》のもとで行なわれていた。Ｘドア宙域では、ハンガイ銀河がどこよりも星の島として強く輝いていた。この銀河の外縁の星までの距離はわずか一万光年。その光はストレンジネス壁から、壁が消滅して以来、Ｘドア宙域をこえてはるか彼方までとどいている。未知の宇宙からなる銀河はすぐそばにあった。緊急の場合には、銀河系船団の船はいつでもハンガイ銀河に退却できる。

しかしローダンは、かんたんに退却することも、偶然に期待することもしないと決意していた。警戒態勢はすでに解除され、各船は今後の行動について細かく指示されている。

搭載艇の第一陣がもどってきた。発見されたものはなにもなく、金属の破片さえなかった。かつて《バジス》がここで活動をしていた証《あかし》はなにも見つからなかった。

「よし」ローダンは報告を受けると、いった。かれはわざわざ搭載艇の艇長全員から直接話を聞いていた。報告が終わるとやっと自身のキャビンへ向かい、横になった。三十時間、休まずに立ちつづけていた。細胞活性装置のおかげで疲労は緩和されるが、人類のからだの機能を正常にたもつには一定のリズムが必要なので、それを考慮したのだ。

その後、また爽快な気分で、次の決定事項にとりかかった。《シマロン》の司令室にもどると、仲間と協議した。キャビンからすでに全船長に《シマロン》にくるように指示していたのだ。かれらはできるだけすみやかに指示にしたがった。グッキーはかれらを探し、テレポーテーションしていっしょに連れてきていた。

「あらゆる可能性に配慮する必要がある」ローダンは仲間を迎えた。「最終的な可能性としては、《バジス》がもはやこの近隣にも、周囲数千光年以内にもいないということだ。重要な任務のため銀河系にもどったか、あるいはほかの銀河にいるか、またははるか彼方に旅立ったという可能性も考慮する必要がある。どうだろうか？　ロワ・ダントン、ロナルド・テケナー、ジェフリー・アベル・ワリンジャー、そのほか責任者たちは、われわれの行方を確認するために、タルカンに通じる道を《バジス》が探そうとすることに同意するだろうか？」

だれも応えず、長く沈黙がつづいたのち、ブリーが発言した。

「可能性はあるでしょう。だが、ワリンジャーが人類の貴重な船をそんな危険にさらすのを許すとは思えません。おまけに、そういった無理な要求に抵抗して、保身に走ろうとする者をわたしは知っています！」

挑戦的に面々を見まわした。ローダンは理解したように笑みを浮かべた。

「ハミラー・チューブのことだな。たしかにありえる。しかし、ハミラー・チューブは先見の明をもって状況を見きわめ、長期的な策を講じられるはず。では、まずは探索をつづけよう」

「しばらくのあいだ、船団を分散させるということか？」アトランは眉間《みけん》にしわをよせた。

「はい。シントロニクスは探索値として五百光年の空間が有効と判断しています。そこには、かつて《バジス》がXドア宙域で滞在し、科学者たちが実験を行なっていた座標がすべてふくまれています。われわれ、全域を綿密に捜索します。全船に各宙域を割りあて、船はそこで搭載艇を使用して徹底的に調査します。わずかな手がかりでも発見できなければ、笑い草でしょう」

グッキーが説明しがたい声をあげると短いテレポーテーションをして、ローダンとアルコン人のあいだにあらわれた。

「今回は意識的な楽観主義を見せないんだね」と、悪態をつく。「むしろあんたが、最後の一本のわらをもつかもうとするところを見たいよ。そうじゃないの？」

「この宙域では、これが最後の一本のわらだ」グッキーの言葉が心にひびいたのかどうか、ローダンは表情にあらわさなかった。「ひとつ見落としてはならないことがある。われわれは孤立している。すべて一からやりなおさなくてはならない。現状は、タルカン宇宙に向かって、そこで異人となったときと変わらない。あのとき最初の情報を得るのは大変な作業だった。とにかく断念するわけにはいかない、情報収集するのだ！」

最後に詳細が説明され、ネズミ＝ビーバーは船長たちを各艦船に連れて帰った。二時間後、小艦隊は万全の注意をはらいながら分散し、各艦船は割り当てられた計画上の立方体に向かって飛んだ。

この計画にまったく名称があたえられなかったことはだれも気にしなかった。

これはたんに過去と現在の探索にすぎなかったからだ。

3

「ここにかくれていたのか！」

〝エルトルス人〟はその巨体をちいさな修理管理センターに押しこんだ。非常照明の光に目を細め、コンソールの上に身をかがめる影を見据える。

「ほうっておいてくれ」返事があった。「わたしは全力で、この反抗的なロボットをはらいのける努力をしてきた。それなのにいま、きみがここにやってきて、ロボットにわたしのシュプールをかぎつけさせた。まったく、なんという友だ！」

ガリバー・スモッグはかぶりを振り、ノーマン・スペックに歩みよった。言語学者は上体を起こし、かれを見つめた。薄暗い明かりのなか、その顔は蒼白に見え、目の下にはクマができていた。

「また夢を見たってわけだ」スモッグは気づいた。「われわれみんな、そうではないかと思ったんだよ。グンディに探しにいけといわれたんだ。彼女は、きみが危険な状態だと思っている」

「どうして危険だと？」

「それはまあ、わかっているだろう！」ガリバー・スモッグは言葉をにごした。「時間跳躍トラウマを負っているのはきみだけじゃない。五十名以上の乗員が苦しんでいる。自殺未遂を試みた者もすでに一名いる。担当のロボットのおかげでどうにか未遂に終わったが」

「わたしは自殺しようとしているわけではない！」ノーマン・スペックは大声を発した。「おまけに、わたし以外にも大勢がやられているのはわかっている。だが、女船長はおそらく、その者たちを追いまわしたりしないだろうな！」

スモッグは力強い手を前に突き出し、十五歳年下の友をシートから引きあげた。友を揺さぶり、壁に押しつける。

「大ばか者め！」どなりつけた。「いったい、なにを想像している？　グンディのことは好きなようにいえばいい。気にいらないだろうが、彼女は苦しむ者全員を同じように気にかけている。だが、その話をしたいわけじゃない！」

友の手首をつかむと、通廊に引きずりだした。反重力装置まで引きずっていき、何階もあがって食堂のひとつに着いた。ガリバーは友をなかに押しこみ、シートにすわらせた。

「なぜわたしが口がすっぱくなるほど話していると思う？」と、たずねる。「そんなのはわたしのやり方じゃないし、ひどく骨が折れる。きみを助けたくて、やっているんだ。どうして、それがわからない？」

「しずかにすごしたいんだ」ノーマン・スペックが弱々しく返事をした。「追いまわされるのは耐えがたい」

「話したいことがある」スモッグはテーブルの向かいに腰をかけると、身を乗り出した。鎌のようなかたちをした髪をなで、醜いものをとりのぞくかのように目を細める。

「《カシオペア》でポストを得る半年前、わたしはテラニア二三七でかわいい娘と出会った。名前をパリンダといって、四歳だけ年下だった。レストランで偶然会ったんだが、そこには空席がひとつしかなかった。彼女はわたしに席をゆずってくれて、われわれは言葉をかわしはじめた。それからたびたび逢うようになり、ある日、恋の炎が燃えあがった。たがいに真剣だと気づいて、数カ月後にいっしょに暮らしはじめた。そのときひとり暮らし用のアパートがふたつ同時に空いたので、住居を手に入れるのに苦労はなかった。町の当局はこの点、とても迅速で、ウニト人が住んでいた部屋だったからすこし改修する必要があったが、われわれは気にしなかった。外交の仕事かなにかをしていたのだろう。かれらは二年交代で、故郷にもどされるから。新しい公使館は、郊外のゴシュン湖の近くに宿舎を借りるようだった」

スモッグは手をおちつかないように動かした。

「だが、そんなことを話したいわけではなかったのだ。パリンダとわたしはたがいに首ったけだった。パートナーのいない生活など考えられなくなっていた。だが、われわれの恋には結末があった。いっしょになって五カ月めで、彼女から妊娠していると告げられた。子供ができたのだ。わたしは無邪気によろこんだが、そのわずか二日後、冷や水を浴びせられることになった。なぜかその日、わたしは昼ごろまで眠りこんでいた。目がさめたときには、彼女はもうそこにいなかった。彼女はわたしのもとを去り、荷物もすべてなくなっていた。短いメモがのこされていて、そこには〝ごめんなさい〟と、書いてあった。

　わたしはパリンダを探そうと、あらゆる手をつくした。彼女がみずから出ていったとは信じたくなかった。ようやくつらい真実を完全に理解したとき、わたしの世界は崩壊した。当局も捜索してくれたが、パリンダは行方知れずのままだ。もしパリンダがまだテラにいたのなら、見つかっていただろう。だから彼女は銀河系のどこかにうつり、そこで子供を産んだと考えるしかなかった。

　絶望しきったわたしも、テラを去った。その後、《カシオペア》で雇われ、タルカン遠征隊に編入されてタルカンへ飛んだとき、運命を甘受することになった。あれから、わずか数カ月が過ぎただけだ。いま、この数日のうちに、ただし六百九十五年前のことだが、子供は生まれていたはずだ。ときどき夜中に目がさめて、どんな顔をしていたのだろうかと考えてしまう。そもそも生まれていたのだろうか？　子孫はテラで、あるいはべつの世界で暮らしているのだろうか？　パリンダはわたしのところにもどろうとしただろうか？」

「ガリバー！」スペックのしゃがれた声がひびく。「許してくれ。さっき大声を出してしまったが、きみを苦しめるつもりではなかったんだ。われわれ全員、過去に対してつらい思いを背負っている。だれもがなんらかをのこしてきた。勇気づけてくれているのだな」

〝エルトルス人〟はうつむいた。肉づきのいい頬が袋のように垂れさがる。ノーマン・スペックがゆっくり起きあがったが、かれは沈黙したままなにもいわなかった。

「数時間、睡眠をとったほうがよさそうだ」言語学者はつぶやいた。「時間はたっぷりある。かまわないでおいてくれないか？」

「必要であれば！」スモッグも立ちあがった。ドアが開く音がかすかに聞こえた。スペックは外に出ようとしたが、出られなかった。出入口のすぐ前にロボットが立っていたのだ。胸の認識票からＴＸ１＝プロッツェンだとわかった。

「お待ちしていました」ロボットはいった。「了解していただけるといいのですが、検査のためお連れしないといけません、ノーマン・スペック。状況証拠は最悪の事態を危惧させるものです。あなたは身をかくそうとしています。それは許されません！」

「わたしは自殺など試みていない」スペックはロボットに向かってどなった。

「断言できるのですか？」ロボットが問いかける。「どうか医療ステーションまでご同行ください」

テラナーは友をふり返った。ガリバー・スモッグはとほうにくれたように肩をすくめた。

スペックは黙ってロボットにしたがい、〝エルトルス人〟とともにきた道をもどっていった。うなだれたその姿は、まるで罪悪感にさいなまれながら、処刑場に向かうかのようだった。

*

「あなたのからだの数値は正常です！」ロボットはデータがうつる壁のスクリーンを指ししめした。「肉体的な損傷はまだ受けていません。ですが、精神状態は悪化しています。最後はどんな夢を見ましたか？」

テラナーはしずかに話をはじめた。目の前に巨大な波が盛りあがり、自身の上で砕け、なすすべもなく、妻や息子たち、友たち、知人、まわりのものすべてが破壊されるのを見ているしかなかったという話をした。海は引き裂かれ、広大な深淵が口を開いて海を飲みこんだ。最後には大地までもが引き裂かれた。すべてが深淵に引きずりこまれ、最後にはノーマン・スペックだけが無重力のなかにとりのこされた。かれは生きて呼吸もしていたが、孤独で、永遠にこのままでいるしかないと感じていた。まわりには自身のほかだれの姿も見えず、この事実の意味を理解するにつれ、目がさめてきた。発汗すると同時にからだが凍えてきて、立ちあがると熱いシャワーを浴びてベッドにもどった。今回は疲れてすぐに眠りこんでしまい、目がさめたときにはすっかりからだは回復していた。しかし、夢のなかの光景は頭からはなれなかった。片時も忘れることができず、武器管制スタンドでの勤務時間が終了すると、ひとりになるため修理管理センターに引きこもったのだ。

　最後に見た夢とそのあとのことを話し終えてから二分もたたないうちに、医療ステーションから結果が出た。それはＴＸ１＝プロッツェンがすでにしめしたものと一致していた。さらにノーマン・スペックはまだ受け入れられなかったが、今後はひとりでどこかに滞在することは許されないとロボットから説明された。

　かれの精神は不安定な状態にあった。些細な出来事であっても自我のコントロールを失い、おかしくなってしまうかもしれない。そこから生じる事態には、この船の指揮官も責任を負いきれない。

「今後のわたしの行動のひとつひとつを監視するということか？」かれはロボットに確認した。

「ちがいます、ノーマン・スペック。ですが、いくらか快復が確認されるまで見守りが必要です。《カシオペア》内の現状をお知りになりたくありませんか？」

言語学者かつアマチュアの考古学者は急いでうなずいた。

ロボットは最新のデータを提示し、さらに二件の自殺未遂を明らかにした。どちらも防護服を着用しないで外側エアロックから船を出ようとしたもので、いずれも自動装置によってハッチが閉ざされるのが間に合い、救急対応されたのだった。

「あなたはこんなことはしないでください」ロボットが警告する。

「わかっている。しない。わたしはふつうのやり方で格納庫を通る！」

スペックの言葉が冗談なのか本気なのかわからなかったため、ロボットは反応しなかった。

＊

《カシオペア》は五百光年の立方体の周縁にある宙域を割り当てられた。ハンガイ銀河までの距離は一万光年強で、船はあらゆる手段でこの方向からくるものを探知した。船長のグンドゥラ・ジャマルの指示だった。前提としてエコーがあるとするなら、多くの種族が住む銀河の方向からだろうと考えたのだ。これまでは謎だらけだったコラの民にしか遭遇していなかったが、ハンガイ銀河にはハウリ人だけではなく、カンサハリヤの二十二の種族や、ほかにも同盟に参加せずに独立をたもっている、あるいはヘクサメロンの補助種族となっている多くの知性体がいる。

〝鉄のグンディ〟は失望していた。腰のなかほどまでとどく、うなじから編んだ麦わらのようなブロンドを揺らして、その気持ちを振りはらう。編んだ髪はあちこち揺れたが、ゆっくりおちついた。かつてのハンザ・スペシャリストは八十三歳、筋骨がひきしまった体躯《たいく》で実際よりも小柄に見えた。肉体の鍛錬は彼女の人生の信条のひとつであり、動作がちいさいのは強さと肉体を管理できている証拠だった。

「ランドルフ、まったくなにも探知できない！」

彼女の低めの声は心地よくひかえめだったが、言外にひそむ明確な調子はこの女船長を知る者も知らない者も、だれもが感じとった。それは、この女のあだ名のもとになった鉄の意志から発していた。グンドゥラ・ジャマルはきわめて厳格で、無規律なことを許さなかった。感情がないと陰口をたたく者もいれば、これまでまったくだれとも深いきずなを結んだことがないと噂する者もいた。欲求不満な女だと語る者もいたが、それは見当違いだった。彼女はただ特別に強く自信に満ち、自立していて、早々にキャリアを追求し、伝統的なきずなを放棄することを選んでいた。彼女の指揮が明晰だったおかげで、これまで船とその乗員は何度も苦しい状況から脱していて、乗員は彼女の個性を受け入れ、物事はうまく進んでいた。

ランドルフ・ラモンは彼女に顔を向けた。副長として、かれには責任があった。

「すべての機器は問題なく作動していますが、グンドゥラ」かれは返事をした。「ハイパー・エーテルは死んでいます！」

その表情は、目下、《カシオペア》だけでなく、全体に蔓延している雰囲気にふさわしいものだった。個々の出来ごとに対していだく乗員たちの感情は、快活さとはかけはなれていた。なにも探知されないという報告を乗員は淡々と受けとめていて、それが船長を激怒させた。

「またか、そんなばかげたまねはやめてほしい！」司令室に彼女の声が響いた。「ハンガイ銀河からなにもとどかないことは、自分でもわかっている。この状況をどう変えられるか、提案がほしいのだ！」

だれも返事をしなかった。ただひとつ提示できる案としては、現地に飛んで、そこに住む種族とコンタクトをとるようにうながすことだろう。しかし、《カシオペア》にははたすべき使命があり、それは不可能だった。船は宙域を数百に区分けして、ひとつひとつ飛んで偵察していた。船内シントロニクスはプログラムで自動的にそれを処理し、それぞれ結果がでるたびに、司令室にいる乗員がそれを確認していたが、すべてネガティヴだった。これまで二百メートル級球型船はなにも発見していなかった。宇宙空間は完全に空虚で、小惑星もそのほかの天体もなかった。ゾンデも宇宙船もない。探知は最高性能で働いていたが、金属片さえ確認されなかった。はげしいエネルギー消費は文字どおりむだといえた。しかし、ペリー・ローダンの決断を批判する者はいなかった。全員、この行動が必要で重要だと理解していた。未来に飛ばされたいま、あらゆる可能性を排除できず、なによりぼんやり飛びまわっているわけにはいかなかった。そんなことをしていたら、詳細に調べたあとで故郷世界とコンタクトしようとするよりも、さらに時間ばかりかかるだろう。

グンドゥラ・ジャマルは《シマロン》と連絡をとった。そこで入ってくる数値がすべて調整され、保存される。探知数値パターンは徐々にネガティヴなシンボルで埋まっていった。ペリー・ローダンのところにはポジティヴな報告はまだ一件もとどいていなかった。船長は情報に感謝し、船の機器に注意をもどした。

「方法を変更する」しばらくして彼女が告げると、いあわせた者たちが全員、頭をあげた。「ここで探索を打ち切り、まずわれわれの宙域の端を飛んで偵察しよう！」

彼女はすでにシントロニクスに指示を出していた。五分後、作業を完了すると、船の自動装置が反応して《カシオペア》はそれまでの軌道からはなれた。船は短いメタグラヴ航法で、十四光年弱の距離をこえ、宙域の端に飛び、そこでジグザグのコースをとった。ある宙域を徹底的に探知するとすぐに次の宙域へジャンプして、同じ作業をした。さらに一昼夜が過ぎても、探知機にはなにも変化がなかったが、だれもこの結果に驚かなかった。この立方体の空間ほど空虚な場所は、ほかにはなさそうだった。

翌朝、グンドゥラははげしく悪態をつきながら仕事をはじめた。シートの奥で立ったまま、この六十分間で成し遂げた早朝の動きの記録を確認する。

「あなたたち、自分たちの機器に注意を向けていられないの！」彼女は大声でいった。「そこにエラーがある！」

エネルギー探知機がハンガイ銀河の方向にちいさなエコーを発見していたが、すぐに消えた。ほかに探知されたものはなく、それはたんなる船内システムからのフラッシュオーヴァ・エネルギーでしかありえなかった。

「シントロニクス、すべてのエネルギー流を確認したい」船長は命じた。「今回のエラーには気づいたはずよね」

「フラッシュオーヴァ・エネルギーは存在しません」エネルギー・フィールドから成り立つシントロニクス・システムは告げた。「隔絶化にも失敗はありませんでした。インパルスは船の外からまっすぐとどいたのです！」

次の瞬間、グンドゥラは身を前に乗り出した。正確に指で赤いボタンを押すと同時に、《カシオペア》に警報が鳴り響いた。船長はシートに勢いよく腰かけ、口の前でマイクロフォン・フィールドを作動させた。

「警報段階イエロー」彼女はいった。「全員、持ち場につけ！　いいか、全ステーション、人員を二重にするのだ！」

ほぼ同時に、パッシヴ探知機が空虚空間からの二度目のエコーをとらえた。今回は距離が、船に二十光年近い。

「お客です」と、ランドルフ・ラモン。「待ってください、ちょうどシントロニクスがコース・ベクトルを出しています！」

二度目のエネルギー・エコーは、まちがいなく船のエコーだった。連続したふたつのインパルスは、宇宙船がリニア空間から離脱し、短時間方向を定めたのち飛行を継続したことを示していた。算出されたコースは、《カシオペア》にも、銀河系船団のほかの船にも向いていなかった。一辺五百光年の空間立方体のすぐそばを通過するか、かろうじて接触するかだけだった。

「客ではなさそうだ」グンドゥラは修正し、探知システムの責任者でもある女通信士のナジャ・ヘマタに向きなおった。「通信封鎖。即刻、全システムをパッシヴ探知に切り替える。今後の展開を、身をひそめて待つ！」

エネルギー・エコーと次にコンタクトがあったのは、鼻先といっていいところだった。距離は七光年弱。この距離で、未知の船を正確に探知して分析し、記録のなかに同等の値《あた》いがないか検索した。結果は数秒間で出て、いあわせた全員が安堵や驚きの声をあげた。

「船は明らかにトリマランです」ナジャ・ヘマタがシントロニクスと同時に告げた。

「どんなトリマランだ？」船長が大声で問いかける。「もっと具体的にたのむ！」

「小型タイプのトリマランで、既知のものです、グンドゥラ！」

「では、カルタン人だな！」ガリバー・スモッグが叫ぶ。「ハンガイ銀河のカルタン人か。ここでなにをしているのだろう？」

「愚問だ！」グンドゥラは怒ったように周囲を見まわした。「みんな、判断力を失ったのか？ カルタン人は基地に向かって飛んでいるのだ。ここに基地があるなら、われわれにとっても好都合。ナジャ、通信はどうだ？」

「先ほど、通信は使用しないと！」

「さっきは、さっきだ！ さあ、あのトリマランと通信でコンタクトするのだ、また消えてしまう前に！」

　女通信士は唇をかみしめ、作業にとりかかった。船のハイパー・アンテナを調整し、通信メッセージを発信する。数秒後、スクリーンが光り、男カルタン人がうつったが、顔の表情は鮮明ではなかった。ナジャは受信機を船長のコンソールに置いた。

「こちら、銀河系船《カシオペア》、グンドゥラ・ジャマル」彼女は告げた。「どうぞよろしく。情報交換のため、乗船させてもらってもいいだろうか？」

　ネコ族の生物はまず瞳孔《どうこう》を、つづいて目を細めたが、その手がカメラの検知範囲に入ったようにグンドゥラには見えた。

鋭く危険なかぎ爪が伸び、カルタン人は光学装置をたたいていた。

「いまは、そういう名なのか？」かれはうなるようにいった。その言葉は、ハンガイで知っている言語の、古風な、あるいは古代のといってもいいものだった。「情報交換？　あなたがたは、われわれを殺し、情報を消滅させたいのだな。それとも、あなたがたハウリ人のたくらみをわれわれが知らないとでも？」

「ちょっと待って！」船長はあわてた。相手がカメラからうしろにさがるのが見える。「誤解があるようだ……」

そこで話すのをやめた。通信が途絶えたのだ。スクリーンが暗くなり、カルタン人の姿は消えていた。同時にトリマランが最大限に加速していることが探知された。

「逃げていく」〝エルトルス人〟の声が司令室に響いた。「まったく、いったい、なにがあった？」

カルタン人の行動は説明がつかず、銀河系船団のだれにも、その意味がわからなかった。

船長は歯を食いしばった。この瞬間、状況を把握しているのは彼女だけだった。シートを回転させ、キャビンにいる全員を見まわした。

「ハロルド！」切れ切れに呼びかける。「スペース＝ジェットの指揮をたのむ。もっとも早く出動準備できるのは？」

「《カシ＝2》です、グンドゥラ！」

「よし、ナジャ、ガリバー、ティリィも同乗する。待った、ノーマンも連れていけ。かれには緊急に気晴らしが必要だからな！　さあ、いくのだ。トリマランを見失わないように。船の行き先が知りたい！」

　出動部隊のメンバーはすでに反重力シャフトに向かっていて、次々に姿を消した。グンドゥラ・ジャマルは満足そうにうなりながら見送った。

　かれらが信頼にたるメンバーだと知っていたからだ。

　《シマロン》への報告はしばらくひかえることにした。まずはあのネコ族の奇妙な行動の理由を知りたい。あのカルタン人は目が悪いのだろう。そうでなければ、テラナーとハウリ人を見間違えるはずがない。

　結局、ネコ族と話したのは彼女で、《ツナミ＝コルドバ》の骸骨のような外見の指揮官、ラトバー・トスタンと話したわけではないのだから。

＊

　出動命令が出てから十分後、リニア・エンジンを搭載した《カシ＝2》は格納庫を飛びだし、最高速度で加速していた。ハロルド・ナイマン自身がスペース＝ジェットを操縦している。グンドゥラから自動的に出動部隊の指揮をまかされたかれは、自分なりのやり方で任務に取り組んでいた。かれにはそれ以上の情報も行動規則も必要なかった。トリマランの航路ベクトルを計算し、艇をそこに向ける。カルタン船はとっくにまたリニア空間にはいっていたが、いずれふたたび通常空間に姿をあらわし、周囲の確認をしたり、機器を休ませたりするだろう。スペース＝ジェットはそれまで待たなくてはならない。

　円盤状の小型艇は飛行航程の最低速度に達すると、瞬時にリニア空間に移行した。淡紅色とグレイの縞《しま》模様がスクリーンで躍り、四分の一時間ほどつづいた。このあいだ、船内ではだれもが無言だった。その後、通常空間にもどると、ようやく四名の男女に活気がもどった。

「インパルスなし」ノーマン・スペックが報告した。かれは半円形の右側の端にすわっていて、探知機を確認している。「熱のシュプールなし。つまり、トリマランからかなり距離があるということ」

「くそっ！」ナイマンが悪態をつく。

　しばらくして探知システムが二十光年弱の距離にインパルスをとらえた。トリマランでしかありえない。ナイマンは息をのみ、自動操縦飛行をプログラムした。数秒後には《カシ＝2》はリニア空間に消え、その距離をこえた。通常空間にもどったトリマランをまだ発見できるとは、ナイマンも思っていなかった。しかし、シュプールはこれまでよりもはっきりのこっているだろう。こうして最終的にはカルタン人に追いつき、かれらの行動の意味について訊ねるのだ。そのときまたネコ族が逃げようとするなら、かれらに迫る具体的な方策をハロルド・ナイマンはすでに考えていた。ほうっておいてほしければ、素直に応えるにちがいない。

予想していたとおり、その座標にはなにもなかった。船はすでにここを去っていた。しかし、今回は、飛行方向を明らかにしめす熱のシュプールがあった。さらに八光年先にあらたなハイパー・エコーがあり、ナイマンはただちにスペース＝ジェットをリニア空間へもどした。こんどは通常空間にもどると、ちょうどその瞬間、トリマランがふたたび姿を消した。

「くそっ！」ガリバー・スモッグは悔しがった。「あとすこしで捕らえられたのに！」

ハロルド・ナイマンはなにも応えなかった。操縦士席をはなれ、ノーマン・スペックのところに急ぐと、かがみこんで探知機器を見つめる。

「おもしろい」かれはつぶやいた。「大きな小惑星帯のなかに宇宙ステーションがあるのか、あるいは艦隊が集結しているのか。それはこれまで考えてこなかった。なあ、ナジャ、〝鉄のグンディ〟に急いで連絡したらどうだろう？」

ナジャはこの言葉にしたがい、やはり機器をのぞきこむと、ナイマンとスペックが発見したものを確認した。距離、三光年弱のところに、エネルギー量のちいさいハイパー・エコーの大きな集団がある。

「待機位置にある船は？」ティリィ・チュンズが口から甲高《かんだか》く、耳ざわりな音をもらした。惑星アパスのブルー族は長い首をくねらせ、スクリーンのほうに皿状の頭を伸ばした。「陰険な青い被造物にかけて、かれらの目的はなんだ？」

ナイマンは席にもどり、最後のリニア航程をプログラムした。

「それは見つけだすだけ、かんたんなことだ。ナジャ、終わったか？」

「報告は送ったわ、ハロルド。このまま進んでも大丈夫！」

スペース＝ジェットがわずか二光年の距離を飛ぶのに数秒かかった。通常空間にもどり、また探査を開始した。

周囲にトリマランはもはや発見できなかった。熱のシュプールがひとつあったが、それは飛行コースに大量の金属があるのをしめしていた。詳細に確認しながら、《カシ＝2》の乗員は一瞬言葉を失った。

「あれはなんだ？」ノーマン・スペックが叫んだ。「だれかわかるか？　あれはカルタン船ではない。なにか未知の船だ！」

スペース＝ジェットが近づくにつれ、探知結果はより鮮明になった。熱で強調され、電子的に露出された画像は、スクリーン上でもその姿を目視できた。

「なんということ」こんどはナジャ・ヘマタもうめいた。「なにか恐ろしいことが起こったにちがいないわ。すべて破片よ！」

息をのんで、しだいに鮮明になる輪郭を乗員たちは見つめた。

「約十万隻の船だ」ノーマン・スペックがスクリーンから目をはなすことなくいった。

「破片、瓦礫《がれき》。この宇宙の歴史上、宇宙船の最大の墓場を発見したようだ！」

「すくなくとも、無限アルマダがスクラップになるまでのあいだはね」〝エルトルス人〟は軽口をたたいた。「どう思う？　トリマランはこの瓦礫のなかにかくれただけなのか、それともなにか探しているのだろうか？」

「いずれにしても！」ハロルド・ナイマンは両手を打ち合わせた。「セランを着用しろ！　スペース＝ジェットの防御バリアを作動させる。近くからよく見てみよう！」

全員が熱心に作業にとりかかった。有益な使命ができたのだ。すくなくともしばらくは、現在の問題を乗りこえるための支えとなるだろう。

4

R＝ラストはちいさな部屋に転がりこみ、そこで立ちどまって待機した。ロボットは磨きたてのように輝いている。レンズの目が明るく光り、しばらくすると軽い音が響いてきた。

「わたしはここにいます」ロボットは音響システムで伝えた。

「見えています」壁から返答があった。「おまえは最後の者のうちの一体。おまえたちのことを気にかけていますが、運命に滅ぼされることもあるかもしれない。おまえたちの第一の戒めについて話しなさい」

「われわれはこの地をあらゆる侵入者から守ります。ここに入りこみ、富を得ようとする泥棒は邪悪です。われわれはこの国を守ります。そしてあなたも。あなたはこの国の君主です！」

「そのとおり、R＝ラスト。おまえたちはわたしを守るためにここにいて、いまふたたび必要とされている。見慣れたタイプの船が接近している。今回もまた瓦礫のなかから有機的な獲物を探しているか、ここに身をひそめようとしているハンターたちだ。かれらがこの宙域に接近できないようにしなさい。任務はわかっているな。いって、かれらを追いはらえ。全力で戦うのだ。たとえ何体かが犠牲になっても」

　ロボットは向きをかえて出入口に向かった。ドアの開口部の操作が必要かのように腕をすこしあげている。

「いつの日か、われわれはいなくなり、あなたを守れなくなります。そのときはどうなりますか？」

「そうなったら、自分でなんとかするしかない。あらゆる異人からの追跡を逃れるため、力をつくすことになるだろうね。とにかく、自分たちのプログラムを忘れないように。友である訪問者のパターンはひとつだけ。その者たちはなかに入れなくてはならない。ほかの者は全員敵で、かならず戦うこと。さあ、すぐにいって、わたしの言葉をまだのこっている者全員に伝えなさい！」

　ロボットは外の通廊に姿を消した。ドアが閉まり、それまでついていた壁のちいさな照明が消えた。省エネプログラムによってスイッチが切れ、システムを維持するための非常用電源だけが作動している。いまはそれ以上のエネルギーは必要ない。そのための措置で、システムの供給においてショートを起こすこともない。

　ロボットはすぐにその場を去った。一定の間隔で、君主にインパルスを送っている。

このインパルスに応答はない。外部監視装置のスイッチを入れなくても、各ロボットの位置を常時通知するための仕組みだ。R＝ラストはほかのロボットを探し、君主から聞いた話を内部のコミュニケーション・システムで伝えた。

　このロボットが音響システムで情報を伝える理由をほかのロボットたちは知らなかった。かれらには自身のプログラムがあり、それにしたがっている。

　君主は待っていた。戦うべき異人が数えられないほど自分の国に侵入してくるのを、待っていた。

　退屈しのぎやほかの機関に対する義務から、そうしているわけではない。自己保存のための本能から行動していたのだ。

*

《カシ＝2》は母船によって割り当てられた宙域のうち、ハンガイ銀河からもっともはなれた場所を飛んでいた。Xドア宙域までの距離はきっかり五百光年で一光年分の誤差もない。ハロルド・ナイマンはスペース＝ジェットを、さまざまな大きさをした金属の物体の集合体に向かって、百万キロメートル、三・三光秒の距離まで飛んだ。多様な輪郭の物体がなにもない空間を漂っている。トリマランの集結地点だろうと思われた最初の想定はついに崩れ去った。宇宙船の墓場で探知されたのは、本来のかたちから大きくかけはなれ、散乱した個々の部品だった。球型船、楔《くさび》型船、バナナ型船、円錐型船、不完全に見える奇妙な構造物などがある。すべて、いくつもの種族が生産ラインで出た規格外品や廃棄物をここに捨てていったかのようだった。

　ノーマン・スペックは探知機のところでからだを起こし、搭載艇の艇長に合図した。

「分析は終了した」かれはいった。「これは約十万個の部品で、質量ともにそれぞれ大きく異なっている」

「接近する！」ナイマンは応えた。

　スペース＝ジェットを加速させ、手前の物体まで二千キロメートルの位置まで近づいた。ふたたび探知機は把握できる範囲をすべて確認した。明確に異なる結果が出た。まず船の部品やセグメントは、損傷を受けていないようだった。そのあいだを一部が明らかに損傷を受けた大きな船や、宇宙船の残骸が浮遊している。船の墓場は全体が、子供がブロックの箱をぶちまけたかのような、あらゆるよせ集めで色とりどりの渦となっていた。

　スペース＝ジェットの乗員は相談した。

「ここのどこかにトリマランがひそんでいる」ハロルド・ナイマンは結論づけた。「かくれ場をはなれて開けた空間に向かったら、すぐにとらえられる。だが一方、この金属の集合体にどこか惹《ひ》きつけられる。いったい、なんだろうか。われわれは、巨大な対決の墓場にいるのだろうか？　そうだとすると貯蔵庫として利用したり、なにかの手がかりを得られたりできるかもしれない！」

「わかった、調べてみましょう」ナジャ・ヘマタは、セランのヘルメットを堂々と閉じた。「だれが艇にのこって、カルタン人の生命のシュプールが見つかるのを待つ？」

　話し合った結果、ティリィ・チュンズが艇にのこり、通信連絡をたもつことになった。ガリバー・スモッグとノーマン・スペックはふたりで組になり、ハロルド・ナイマンとナジャ・ヘマタがもうひと組をつくる。スペース＝ジェットは墓場まで二十キロメートルのところまで接近したが、攻撃を受けることはなかった。ふたつのグループは外に出た。セランが作動しはじめ、両者は異なる方向に飛び立ち、スモッグとスペックは右方に向かった。二名は、しばらくナイマンとヘマタが瓦礫のあいだに消えるのを見送った。

「もっと下のほうに飛んでみよう」〝エルトルス人〟は友にいった。「推定で直径五百メートルの隙間が見える。そこに向かおう！」

　二名は方向を変えた。指示によってセランは強力な投光器を作動させる。その光のなかに、波打ち、部分的に変形した船の表面が見えた。外殻が暗赤色に光り、両テラナーの視界に、縁がぼろぼろになった穴がいくつも見えてきた。明らかに砲撃を受けたシュプールだ。だれかがこの船に破壊的な行為をしかけたのだ。

　ガリバー・スモッグは開口部のひとつに向かった。ノーマン・スペックが数メートルの間隔を置いてそのあとを追う。両名は速度を落とし、未知の宇宙船の表面のすぐ上で相対的に停止した。スモッグはセランを使って探った。隙間から内部を探知していくが、なにも発見できず、危険な兆候も認められなかった。それでもふたりはスペース＝ジェットをはなれたときに作動させた防御バリアを切ることはしなかった。危険をもたらすようなロボットや生物が、どこにひそんでいるかわからない。

〝エルトルス人〟は開口部の尖った縁すれすれのところを通り抜け、瓦礫のなかをゆっくり滑るように進んだ。投光器が、スペース＝ジェットの司令室の三倍ほどひろい空間を照らした。なかにはなにもなくからっぽで、かつてそこになにかがあったというシュプールもなかった。左側の壁にドアがあるのにスモッグは気づき、勢いをつけてそこに向かって浮遊していった。その左にあるふたつの把手《とって》に両手を伸ばす。ドアを開けられそうな装置を慎重に見ていく。

「こっちにきてくれ、ノーマン」かれはいった。もう一体のセランが横にあらわれた。

「どう思う？　このドアの向こうに空気が満ちた空間があるだろうか？　表示からはわからない。このところは使われていないようだが！」と、堆積物をぬぐう。

スペックは表示に目をやった。未知のもので、テラや銀河系の船のものではない。キイの配列から規則を読みとろうとしたが、無理だった。

ガリバー・スモッグはセランの左足からゾンデを伸ばし、装置を調査した。わずか数秒で、高度な技術のスーツはシステムを把握し、操作するために指示をだした。

「まずはグリーンを、次に左から中央へ、最後に右のブルーのキイを押してください」

スモッグはその指示の言葉をくり返し、同時に実行した。音もなくハッチがスライドして開いた。なにもかも静止していて、かすかな空気の動きさえない。ハッチの向こうの空間もこちら側と同じように真空だった。

　ふたりは開口部をくぐり抜け、周囲を見まわした。長く曲がりくねった通廊が目の前にあったので、セランを加速させて曲がり角を左に進んだ。九十度曲がると、通廊は上に向かって延びていた。だが、上であっても下であってもふたりには関係ない。通廊を突き当たりまで進み、ふたりの位置からはななめに見えるドアの前で停止した。開閉装置は頭上にあった。キイの仕組みは同じだったので、ガリバー・スモッグが開ける。

「気をつけて！」ノーマン・スペックが声をあげた。ドアの向こうの空間に危険を感じとっていたのだ。

　スモッグはすみずみまで投光器で照らしてからなかに滑りこんだ。どこを見ても機器の残骸しか見当たらない。ここは船の司令室にちがいなかったが、完全に破壊されていた。

　両テラナーはゆっくりとキャビンのなかを進んだ。真空で無重力なので、すべてがカタストロフィの瞬間のままのこっている。これが外部からもたらされた被害だということは、熱兵器がのこした、さまざまな物体や機器に走る溝のシュプールからわかる。無傷のものはなく、完膚なきまでに破壊されたようだ。

「向こうにあるのはなんだ？」スモッグが手を伸ばした。「見えるか？」

とがった瓦礫のあいだを浮遊して、二名は壁のところに着いた。壁の前には折れ曲がったシートの部品が見え、そこにミイラ化した異人のからだがひっかかっていた。痩軀の死体には銃創はなく、減圧のために死んだと思われる。

「男カルタン人のようだ」ノーマンはたしかめた。「だが、違う。それでも、あのネコ族を連想してしまう！」

「まさに！」〝エルトルス人〟は遺体から目をそらした。「どうやら、この船の故郷がわかった気がする。この死者はグラドで、宇宙船は大マゼラン星雲からきたのだ。だが、そんな船がここでなにをしていたのだ？　ただの好奇心か？　それとも実際、戦闘があったのだろうか？」

セランの向きを変えると、かれは通廊に飛びだした。スペックといっしょに船の内部をくまなく見てまわり、死者を探した。しかし、まったく見つからなかった。

ガリバー・スモッグはセランにさまざまな実験をさせた。エンジン部には気体や液体、化学的な過程や核反応でできた堆積物があり、放射が拡散していた。セランはすばやくあらゆる測定値を分析した。その結果、この瓦礫はすくなくとも四百年以上、この墓場にあったとわかった。四百年も、この船はだれにもかえりみられなかったのだ。

　両テラナーは船をはなれると、三百メートルもはなれていないところにあるもうすこし小型の船に飛んだ。搭載艇のようだった。透明なコックピットをのぞくと、奇妙なかたちの桶《おけ》が見え、無数のケーブルがつる植物のように垂れさがっている。制御装置は見えない。ふたりは船の周囲を飛び、船尾のエンジン部が破壊されているのを確認した。その部分から船は引き裂かれたようで、亀裂は前方まで達していた。ここにも生命のしるしはなかった。計測の結果、このちいさな船は百年近くここにあるとわかった。

　ガリバー・スモッグは通常の通信機を最大出力に設定して、ハロルド・ナイマンとナジャ・ヘマタに呼びかけた。

「聞こえるか？　いくつか発見した物体から、この墓場の状況を分析した。ただし、それによってとくに得られたことはない」

「聞こえている！」スペース＝ジェット内にいるティリィ・チュンズから、さえずるような声で応答があった。「ハロルドとナジャとの通信が四分の一時間前から途絶えたままだ。ふたりはかなり前方にいる。船の残骸でかれらの通信波がすべて反射されてしまうのだ。通常通信は使えそうもない！　だがハイパー通信は、緊急の危機が迫っていないかぎり使いたくない」

　ブルー族の角《つの》のような構造の舌が、テラナーのファーストネームを発音するときに折れそうな音をたてているのが、ふたりにはっきり聞こえてきた。

「よし。かれらからなにか連絡があるまで、われわれも探索をつづける。以上！」

ふたりはセランを加速させ、いちばん近くにある、より大きな物体に向かって四キロメートルの距離を短時間で超えた。立方体の形をした船の外殻に沿って飛ぶ。ピラミッドのような構造物の向こうに光が見えた。

「ほお！」スモッグは逆噴射し、船の表面に降下した。引力はほとんど確認できず、テラナーは腹ばいになってゆっくり進んでいった。「あそこに、生命の徴候があるぞ！」

「自動で発している光でなければだが！」

「もし自動的なものだとしてもだ、ノーマン。神経を集中させるんだ。光があるということは、この船は長いあいだここに放置されているわけではなく、エネルギー貯蔵があるということだ。いまから通信は最小限にしぼったほうがいい！」

ゆっくり小型ピラミッドをまわり、光に向かって飛んでいく。慎重に周囲の動きに気を配り、セランのパッシヴ探知は最大限に作動させていた。

光はエアロックを照らしていて、しばらく待機したのち、ふたりは船内に入ってみようと決めた。今回もセランの技術で、機能は解読できた。外殻の扉が内側に折れて開くのを待つ。光の信号が明るくなり、それにしたがってエアロックに入った。空気は清浄だと確認され、内殻の扉の前で待機した。

通常どおり、進んでいく。外殻の扉が閉じ、内殻の扉がスライドして開いた。奥に延びる通廊の照明が点灯し、どこかに格納されたスピーカーから声が響いた。未知の言語だ。

ガリバー・スモッグは立ちつくした。セランによって〇・九Gの重力があることはわかった。からだを回転させ、セランで直立の姿勢をとる。

「この言語を解読できるか？」確認すると、スーツのポジトロニクスは否と答えた。データにふくまれていない言語だった。この短い挨拶の言葉だけでは、トランスレーター・システムはほとんどなにも対処できなかった。

船内の空気は人類には呼吸できないものだった。これは注意しなくてはならない最初のポイントだ。ふたりの男は顔を見合わせた。

「声の主を探そう」職業的な好奇心が目をさまし、ノーマン・スペックがいった。「もし生者の声ならば！」

それを判別できるチャンスはなさそうだった。

通廊はホールへとつづいていた。多様な大きさの金属のコンテナが設置されていて、ホールの向こう側が見えない。ふたりはスーツの飛翔装置のスイッチを入れ、コンテナのあいだの通廊のひとつに向かった。

「気をつけろ、上だ！」スペックの警告の声は間に合わなかった。光り輝くエネルギー

・ビームが〝エルトルス人〟に飛んできて命中した。防御バリアが明るく光り、スモッグはわきに身を投げて、飛翔コースを変えた。はげしい攻撃を受けたノーマン・スペックは、あわてふためいて飛びながらコンテナのあいだを進んで、安全な場所を探している。

「ロボットだ！」急いでスペックは伝えた。「影しか見えなかったが、まちがいなく機械だった！」

あらためて砲火が浴びせられる。ロボット一体が直接的な脅威にはならないだろうが、両テラナーは致命的なエネルギー・ビームに身をさらしつづけるつもりはなかった。防御バリアが持ちこたえられつづけるとも思えない。

「応戦するぞ！」スモッグが叫ぶ。急停止すると、大きく向きを変えて二列のコンテナの隙間に姿を消し、上昇した。友であり仲間のスペックは方向を変えずに飛びつづける。

ロボットはきわめて高度に発達したタイプで、かんたんにあざむかれることはなかった。それでもスモッグは天井に影を見つけると、武器を起動させた。次の瞬間、サーモ・ブラスターがかすれた音を発した。銃撃はロボットに命中した。こちらも防御バリアにつつまれていた。ひろがる光にガリバー・スモッグは目を細めた。攻撃をつづけていると、こんどはスペックも掩護にはいり、正面からロボットを撃った。ロボットが明滅しはじめ、すぐに方向を変えた。しかし、両テラナーは相手を狙いつづけられる位置を無意識に探した。

その直後、ロボットの防御バリアが崩壊した。大音響をあげてロボットは墜落した。さまざまな部品がコンテナのあいだで恐ろしい音をたてて床に落ちる。

「あれがテラのロボットでないのなら」スモッグの仲間は〝エルトルス人〟を見つめながらいった。「ノーマン・スペックの名は捨ててもいい！」

各部品を調べたが、どこのものかわかる手がかりは見つからなかった。データと胴体の一部は、銃撃で完全に破壊されていた。

「では、いこう！」スモッグはホールの奥に向かって進んだ。「どこかほかでも、似たようなものが見つかるかもしれない！」

しかしなにも発見できなかった。船は空だった。しかし、四分の一年前まで使用されていた痕跡があった。生物のシュプールは数十個見つかったが、その生物たちは明らかにこの場をはなれたがっていたようだった。

スモッグとスペックは外に飛びだし、スペース＝ジェットとコンタクトできる位置を探すと、ナイマンとヘマタの捜索にとりかかった。

*

そこはまさに墓場だった。

ハロルド・ナイマンはセランに指示して、ヘルメットバイザーの内側に熱感知の映像を表示させた。そこにうつったのは、先が見通せないほどの漆黒の闇だった。残骸や瓦礫はまったく熱を発していない。すべての船、ちいさな断片のエネルギーは消失していた。テラナーはこの状態がどれだけつづいていたのだろうかと考えこんだ。

映像を消させると、仲間を追いかけた。ナジャ・ヘマタは百メートル前方を飛んでいて、一隻の船に向かっていた。それはちいさな破片の集まりのなかですくなくとも八百メートルはある巨大な岩壁のように突き出していた。

十万個以上の宇宙船の破片が広がる墓場は、空虚空間のなかでカルタン人のかくれ場として機能する、くず鉄置き場を意味しているだけではない。ここにはもっとなにかがあるはずだ。格納庫のチーフであり搭載艇艇長であるかれは、それを突きとめるつもりだった。

カルタン人は偶然から墓場に近づいたのでなかった。はじめからかれらのコースはここをめざしていた。ネコ族があわてて逃げた理由が、なにか心にやましいところがあったからだったとしても、まったく不思議はなかっただろう。あるいは、獲物を独占したかったのかもしれない。このような巨大な瓦礫の集まりが略奪者やあくどい商人にとっては格好の戦利品だという点については、ナイマンはまるで疑問をいだいていなかった。結

かれがその船体に到着したときには、ナジャはすでに最初の計測を実行していた。

果はナイマンのセランに転送され、かれはそれを確認した。未知の宇宙船の表面には堆積物があったが、めだったものではなく厚さも百分の数ミリメートルしかなかった。これらは、船が恒星間や銀河間の空間の粒子に長い期間さらされ、ほとんど測定できないような恒星間の水素と表面反応が起きたさいに生じるものだ。船の外殻にはそのようなマイクロ化学の反応があり、分析すると、六百年以上、この位置にいたと結果が出た。つまり、この墓場はそれだけ長いあいだ存在していた、ひょっとするともっと昔からあるのかもしれなかった。

ただし、六百九十五年をこえはしない。

ハロルド・ナイマンはこの推論が正しいと考え、微塵《みじん》も疑わなかった。この墓場は、当時ギャラクティカーによって探索された範囲五百光年の立方体の空間内にある。このような状態になっていれば見逃されたはずはなく、タルカン遠征隊が出発する前にはこれらの船の存在を知っていただろう。

つまり、ここが生まれたのはNGZ四四七年から五四二年のあいだだ。テラナーの背筋にかすかに寒気《さむけ》が走った。直感的に、この瓦礫の集合体は、コラ人の行動やカルタン人の逃走と同じくらい不可解で衝撃的なものだと感じる。

「この宇宙船にはいってみる、ハロルド？」

ナジャに問いかけられて、現実に引きもどされた。周囲を見まわし、探知の結果を確認した。

「それはやめておこう」かれは答えた。「意味がない。この船のエネルギーは絶えているし、データを引き出して調査のために《カシオペア》まで持っていくほどの装備もない。ほかの瓦礫や残骸を見てみよう！」

二名はさらに飛び、短時間で百キロメートルの距離をこえた。セランの高性能なエンジンのおかげで問題なく進み、ハロルド・ナイマンは墓場の一部を概観することができた。ここには多くの船があり、非常に長いあいだ停止していた。一部の瓦礫は新しく、例外なく砲撃の跡があった。敵によって破壊されていて、その前後に乗員は逃げ出したのだ。

ほかにもさまざまな大きさの破片が無数にあった。長さ、高さがともに百メートル以上のものもあれば、数メートルしかないものもある。いずれもほかと違っていて、さまざまな種族がここで出会ったか、あるいは船をそれぞれ異なる方法で建造する習慣がある種族がいるかのような印象を受ける。とくに奇抜な構造物は、惑星の船としてはふさわしくないように思われた。

ちいさな部品や大きくて奇妙な船には使用された痕跡があった。高さ八十メートル、幅百メートルの船尾を持つ楔《くさび》形の物体に、ナイマンと仲間は興味をひかれた。

「エアロックを探知したわ。開いている」ナジャ・ヘマタはスーツが感知した方向に進みはじめ、ナイマンはあとを追った。たしかにそこにはハッチがあり、砲撃の跡があった。慎重に船内に入っていく。まるいトンネルがあり、その先には二重のエアロックがあって、ここも開いていた。その奥で、二名の人類は船内文明のシュプールを発見した。空の箱や巨大な容器があり、中身の痕跡がのこっていた。あちこちに布や幕があったが、おそらく衣類の一部だろう。ほかのキャビンでは、金属製の容器とパイプを発見した。パイプの先には箱のようなものがついていて、反対側は開いていた。壁にはビームで攻撃されたような溶けた跡があった。

　べつの通廊をいくと、船とほぼ同じ長さのまっすぐな通廊に出た。天井がしだいにさがっていき、最後は床とつながっていた。その手前の天井に扉があり、天井と同じようにななめになっていた。ナイマンはかぶりを振った。

「これがふつうのドアだとするなら、この船のもとの所有者は飛翔生物だったにちがいない」かれはいった。「司令室を探そうか？」

　ドアを開いたが、そのとき理解不能な通信がはいった。ガリバー・スモッグからで、ふたりはこの通信に警戒心を呼びさまされた。

「ふたりがなにか見つけた、それは確実だ」スペース＝ジェットの艇長は大声を発した。

「さあ、外の空間に出よう。ここは通信状況がよくない！」

　かれらは楔型船をはなれ、船の墓場の端に向かって最短距離を進んだ。そこでスペース＝ジェットとコンタクトして、もうひとつの探索グループの姿も確認した。こちらはちょうどエアロックにはいろうとするところで、ティリィ・チュンズが、そのまま待機するように伝えてきた。数分後、《カシ＝2》が高速で接近してきて、かれらは収容された。

「気づいたことがあるの」ナジャ・ヘマタは、反重力装置で操縦コクピットに向かって上昇しながらいった。

「破壊された形跡がなくて、明らかに乗員に放棄されたわけでもない船や部品には、すべて共通点がある」

「どんな？」ナイマンは急いでセランのデータを呼び出したが、ポジトロニクスには対応する観測データは記録されていなかった。そのための指示を受けていなかったからだ。

「それらはほとんど素材が同一なの。改良された鋼で、わたしたちのインケロニウム＝テルコニット合金に似ている。硬度、強度、融点の値いがだいたい同じ」

「そうか！」ハロルド・ナイマンは深く考えこみ、ガリバー・スモッグから話しかけられたときには心底驚いたのだった。

5

テラの戦闘ロボットの存在についての話に、全員、目がさめた思いがした。ハロルド・ナイマンは母船にすぐに報告すべきかどうか考えこんだが、事態の展開から、それはまだ待つことになった。

惑星アパスのブルー族はスペース＝ジェットを瓦礫のなかに滑りこませた。ジェットはちいさいため、ほとんどどんな空間でも通り抜けられる。速度を落として曲がりくねった細い隙間を進み、中心部に向かっていく。カルタン人のトリマランがここでかくれられるのなら、円盤型艇にはまるで問題はない。

半時間弱後、かれらは熱のシュプールを発見した。あとはこれを追跡するだけだ。慎重にゆっくり、ことを進めていく。まずパッシヴ探知に切り替えた。二隻の紡錘型船のあいだを抜けて、スペース＝ジェットで大きな箱に向かっていく。箱の下を通過すると、そこで相対的に停止した。

六キロメートルもはなれていないところで、トリマランのエンジンの熱インパルスが確認できた。トリマランも潜行航行状態で、これをどう解釈したらいいのか、かれらは思案した。

「われわれ、要塞のようなところに到達している」ティリィ・チュンズが甲高く鳴くようにいった。「明晰な白い被造物がわれわれとともにいる。赤い海の被造物にわれわれが捕らえられないように！」

ブルー族が要塞と呼んだものが、探知機で確認された。比較的物体がすくない空間を砲撃によって完全に破壊された大型船のリングがかこんでいる。リングの上下には無数の小型船がならんでいたが、いずれも破壊されたシュプールが確認できた。

リングの中心に全長約五百メートルの物体があった。瓦礫になった船のあいだにうまくかくれているが、その位置は探知された。

トリマランはこの物体からつねに身をかくすように動いていた。

「かれらができることは、われわれにも可能だ！」ナイマンはブルー族に操縦法を伝えた。小型のガス・ノズルを使って、スペース＝ジェットはゆっくりトリマランに接近した。一時間かけて、二キロメートルの距離まで近づいたが、ネコ族に探知されたようすはない。おそらく、自分たちのシュプールをうまく消せたと思っているのだろう。

「あれは宙賊だ」ガリバー・スモッグがいった。「瓦礫をあさり、固定がゆるいものをかき集めているのだ」

「待機してみよう、〝エルトルス人〟！」ハロルド・ナイマンは武器管制スタンドに身をかがめ、砲撃準備ができていることを確認した。さらにエネルギー・バリアを最小出力まで低下させ、最後には完全に解除した。いま、スペース＝ジェットはあらゆる攻撃に対して無防備な状態になった。

時は苦しくなるほどゆっくり過ぎていった。一時間をこえたとき、状況に変化が見られた。突然、パッシヴ探知機が作動した。瓦礫のあいだでちいさな金属製の物体がふたつ動いているのが見えたのだ。それはトリマランの方向に向かって飛んでいた。四名の男女は緊張して息をのんだ。向こうでかならずしも平和的とはいえない展開がはじまっているのが感じられたのだ。

あそこにいったい、なにが飛んできたのか？　空飛ぶ爆弾かロボットか？　墓場のなかにあらゆる到来者を破壊しようとする機関があるのだろうか？

トリマランもいま小型ボートをひそかに出していたが、そのボートはもはや姿をかくそうともせず、すぐに飛び去っていった。

「ここからはなれよう！」ノーマン・スペックは懇願するような目で仲間を見つめた。「わたしも命を失いたくはない！」

＊

　破壊された宇宙船のリングの中心にある物体が動きを見せた。回転をはじめ、スペース＝ジェットの観測者たちは、それをより近くで確認した。すでに長さはわかっていたが、それにくわえ、パッシヴ探知機の測定で後部の幅は二百五十メートルと判明した。物体の前方の先端は尖っていて、切りとられた巨大なケーキのようなかたちをしている。一部のポジションライトが点灯し、物体は九十度向きを変えると、ふたたび停止した。スペース＝ジェット内は緊張ではりつめていた。もちろんテラナーは撤退しなかった。事態が起きている現場にとどまっている。自分たちの命が危険にさらされていないことはわかっていた。

　いまはまだ。未知の者がこの物体にどのようなすぐれた技術をひそませているか、だれにもわからない。

　表面の構造と外殻の材質から、宇宙船の墓場の大部分を占める多くの小型船のひとつだということはまちがいない。

　ふたつの物体は瓦礫のリングを横切り、トリマランに接近していた。ふたつともかたちが均一でなく、表面には無数のとげのようなものが四方八方に突き出ている。それがいま、勢いよく前に飛びだし、高速でカルタン船に向かった。

　ネコ族は発見されたことに気づいた。船のバリアが明るく輝き、同時に武器がふたつの物体に狙いを定めた。トリマランの船尾に炎が燃えあがり、長い柱になった。船は大きく旋回し、リングに向かって加速した。

ふたつの物体についていたとげが落ちた。とげは後方にのこり、それぞれのエンジン・システムを作動させ、トリマランの航路をふさごうとしている。いまや卵形になった船はまた大きく飛びだし、トリマランに向かって加速した。

カルタン人は砲撃を開始した。複数の武器で卵形の物体をいっきに狙い、すべてをつつむようなエネルギー・マントでおおった。

しかしなにも効果を発揮することはなかった。ふたつの物体の、視覚ではほとんどとらえられないバリアが砲撃に耐えている。一方、トリマランのバリアは危機的な限界に近づいていた。

このときまた、とげがあらわれた。複数の脚がある細長いロボットのような物体だ。下部にはエンジンを内蔵した台がある。とげは二手に分かれ、急速に接近した。トリマランはそこに向かって発砲したが、対象物のサイズがちいさすぎた。ひとつふたつは爆発したが、ほかはそのまま進みつづける。

カルタン人はさらに加速した。小型ロボットのなかに突っこもうとしている。しばらく、かれらはバリアに到達していたふたつの卵形の物体には注意を向けていなかった。

閃光が二本走り、ふたつの卵形が消えた。その物質がエネルギー・バリアのなかで完全に蒸発したのだ。一方、ロボットは船に発砲しつづけた。カルタン人はロボットの接近を許した。エネルギー・バリアを完全に信頼していたのだ。しかし、ちいさな点をひとつ見落としていた。

ふたつの卵形がバリアに衝突した部分のエネルギー・フィールドが安定性を失っていたのだ。過負荷で生じたむらさき色のちいさな閃光があちこちで明滅し、船が進んでもはなれない。

ロボットたちは後退し、カルタン人の砲撃のとどかないところで突然、集結した。そこから四方に散り、やがて墓場のこの宙域に浮かぶちいさな破片のなかに姿を消していった。

つかの間、ネコ族はなすすべがなくなったようだった。次の攻撃を待ったが、なにも起きなかった。そのためかれらは飛行をつづけ、リングのあいだの空間のひとつに接近した。

船からもっとも距離が近いふたつの瓦礫に向かって何発か発砲する。瓦礫は揺れ動き、過去と同じように命中した攻撃を受けとめた。トリマランはリングの内側にエネルギーの一斉砲撃を浴びせ、自身もそこに入っていった。カルタン人は果敢に行動した。かれらがなにをもとめていたのかわからなかったが、はじめから中央にある物体が目的だったようだ。

トリマランはいまふたつの瓦礫と同じ高度にはいり、そのあいだを通過した。まだなおケーキのひと切れのかたちをした物体は反応しない。すべてのシステムが停止したかのように、ポジションライトが消えた。

この瞬間、ふたつの瓦礫が爆発した。その衝撃がきわめて大きく、エネルギーをはげしく放出したので、トリマランはコースから引きちぎられ、ななめ下方に押し流された。エンジンのセクターが燃えあがり、ネコ族はコースをなんとか安定させようとした。同時にバリアのなかのふたつの隙間がまだ完全に安定していないことも認めるしかなかった。エネルギー放電がいくつか発生してバリアを貫通し、船の表面の一部が溶けている。

ほかの船長だったら、このような状況になったらすくなくとも一時的にでも撤退を命じただろう。ただしこの男カルタン人は違った。船のコースは安定し、はげしく散らばった瓦礫のなかから外に出て、物体に向かって突進した。第一のエネルギー・ビームが真空を横断し、ケーキ形の船の上や下で交差した。

トリマランは通信を開始して、物体の乗員に投降をうながした。応答はなく、大型の船は旋回し、物体に舷側を向け、その周回軌道に入った。距離はそれほどはなく、せいぜい五キロメートルだ。

ネコ族は過ちをおかしていた。あわてて行動したにちがいない。ふたつの瓦礫の爆発で混乱におちいり、バリアにはふたつの不安定な部分があったが、まさにその部分を物体に向けていることを、見落としていたのだ。

またしてもなにも起きなかった。カルタン人も物体も、砲撃を開始しなかった。通信ももはや送られていない。両者は敵である相手の出方を見守っている。カルタン人は躊《ちゅう》躇《ちょ》し、その物体が本当に無害なものなのか確信をいだけないままでいた。

　このとき、船内のだれかが重大な過ちに気づいたにちがいない。船尾のわきのエンジンが突然、火を噴いた。トリマランは回転しはじめた。

　それはまるでケーキのひと切れが、都合のいい射角を待っていたかのようだった。すぐにカルタン船は燃えあがるエネルギーの波のなかに突入し、瓦礫のリングの中央に即席の恒星が形成された。絶対的に破壊的なエネルギーが防御バリアにぶつかり、そこをはげしく燃えあがらせる。

　トリマランは前方に向かって突進した。危険は認識され、回避法がプログラムされていた。しかし、反応するのがすくなくとも数秒遅すぎた。

　ケーキのひと切れの一部が火を噴きだしたのだ。これまでかくされていた砲口が死と破滅を吐き出す。二十秒も耐えられないようなエネルギー流の洪水にトリマランはおおわれた。

　防御バリアは崩壊した。同時に光の洪水が消え、砲撃がやんだ。トリマランは振動していて、細い部分が崩れ落ちなかったのは奇蹟だった。ふたつの爆発的な炎が燃えあがり、船は制御不能なほど回転し、揺れはじめた。

エンジンが停止した。不安定になったバリアのふたつのゾーンからエネルギーが船まで伝わり、明らかにエンジンの中枢部が麻痺したのだ。

トリマランはその軌道上にとどまっていたが、数日後には物体に衝突するか、あるいはいまなお防御壁を築く残骸のひとつに弾丸となってぶつかっていくことが予測された。そのときまでに、カルタン人はすくなくともバリアをふたたび作動させなくてはならない。

しかし、いまのところなにも起きていなかった。

＊

ハロルド・ナイマンはもはや《カシ＝2》でじっとしていられなくなり、すでにセランのヘルメットを閉じていた。

「ガリバー」かれは呼びかけた。「きみを心から信頼している。しばらく待ってから、外に出よう」

「あそこにいこうとしているのか？」ノーマン・スペックはケーキのひと切れを指ししめした。

ヘルメットのバイザーのなかで、搭載艇艇長はうなずいた。

「わからないのか？」かれはいった。「あそこがこの船の墓場の中心だ。ここに多くの破壊された船があるのは、おそらくあの存在のせいだ」

「たしかに、そのとおりね！」ナジャはシートのひじかけに腕をのせ、背筋をらくにしようと背中をまるめた。「あのなかにテラの船もあるにちがいないわ。これまで発見できていないけれど」

「アパスにかけて、どう思う？」ティリィは驚いたように首を伸ばした。

「あそこの物体は、トランスフォーム砲を発射していたわ。どこでつくられたものだと思う？　ぜったい、テラか銀河系の船よ！　おそらく、グラドの宇宙船ではないはずよ？」彼女はガリバー・スモッグとノーマン・スペックを問いかけるように見つめた。

ふたりはうなずいた。

ハロルド・ナイマンが彼女の注意をスクリーンに向けさせた。カルタン人が動いた。物体に背を向けた側から、なにかが射出される。格納庫の開口部で光が一瞬点滅したが、やがて消え、エンジンの光に変わった。最大限に加速したトリマランの搭載艇は母船の近くをはなれ、その下をくぐると、ケーキのひと切れの後部の、まるみを帯びた側面に向かっていく。ネコ族はその物体の砲台の位置を正確に特定し、一瞬しか攻撃できないようなコースを微調整しながら飛んでいった。

それでも長くはつづかなかった。カルタン人は重大な思い違いをしていたのだ。しかし、それが判明するのはもっとあとになってのことだった。

物体のまるい側面にいくつかの光があらわれた。すこしして物体は砲撃を開始し、搭載艇に攻撃は命中した。バリアが突然崩壊し、艇はまっぷたつに裂けた。エンジンが燃える船尾は平衡を失い、無に消えていった。船首はもんどりうち、コースをはずれた。

「逃げていくぞ！」ナジャは探知機を指ししめした。三十を超えるちいさなエコーが瓦礫をはなれ、さまざまなコースで物体に向かっていく。物体は砲台を収容し、開口部を閉じていた。何事もなかったかのように、しずかにたたずんでいる。

「逃げてはいない。目的地はケーキのひと切れだ。もしかれらが復讐心だけで侵入するというのなら、わたしはなんだってしてみせる。はじめからかれらは、あそこに入りたかったのだ！」ハロルドはヘルメットをまた開いた。「かれらの目的は？　墓場のなかで完全な機能をたもっているのは、明らかにあの船だけだ」

「そうだな。ひょっとするとあそこには記憶装置があるのかもしれない。有益な情報をもつ貴重なコンピュータだ。それを現所有者から奪いとるのが、かれらの意図かもしれない」

「それなら、たったいまからわれわれが、あいつらの競争相手だ！」〝エルトルス人〟は反重力装置のほうへ向かった。「ノーマン、立つんだ。やることがある！」

かれらは、カルタン人が妨害されることなく物体の表面に到達し、出入口を探すのを見守った。まもなくネコ族たちは船内に姿を消した。

四名の男たちは出動準備にはいった。今回はナジャ・ヘマタが《カシ＝2》にのこった。彼女は艇長から、撤退して十万隻の船の集合体から離脱するよう指示された。そろそろ母船に報告を送る頃合いだ。きっと向こうでは、スペース＝ジェットの行方を心配しているだろう。

＊

かれらはスペース＝ジェットが視界から消えるまで待った。船は接近したときと同じように、そっとめだたないように撤退した。それでも四名の男たちは幻想をいだいていなかった。おそらくケーキのひと切れの所有者は、トリマランだけでなく小型円盤艇も探知しただろう。

ハロルド・ナイマンが合図した。四名はたがいに距離をとり、はじめは自分たちが出てきた勢いにまかせて進んでいった。ある程度はなれてからようやくセランのエンジン・システムを起動させた。最小出力に設定している。ヘルメット通信も絞っていて、通信の電波が放射しないようにしてあった。

四名はそれぞれ違う方向に飛んだ。セランは全エネルギーをパッシヴ探知に集中させ、攻撃があった場合に一瞬でバリアのスイッチがはいるように準備していた。

テラナーとブルー族は運に恵まれた。抵抗を受けることなく瓦礫に到達し、表面に沿って進んでいった。爆発したふたつの物体の破片を回避しなくてはいけないこともあったが、リングの内側のオープンスペースでは、破片はむしろ身をかくせる歓迎すべき遮蔽物となった。破片から破片へと飛び、目標まで約一キロメートルまで接近した。最後の距離はよくも悪くも、なにもない空間を飛ぶことになった。ケーキのひと切れは依然として位置を変えず、砲台も閉じていた。

もし接近に気づいているとするなら、明らかにカルタン人に対応したときと同じように、まずはなかに侵入させようと決めているのは明らかだ。

かれらはさまざまな思いをいだきながら物体の表面に降下した。そこはカルタン人が出入口を見つけた場所の近くだった。

なにが待ちうけているのだろうか？　ハロルド・ナイマンは自身と三名の同行者の責任を負っていて、それが重く心にのしかかっていた。ごく一瞬、かれのセランが投光器のスイッチを入れた。その光に照らされて濃紺に輝く表面をナイマンは考えこみながら見つめた。なぜいまこのとき、《ドリフェル》から発せられた、災《わざわ》いを告げたやっかいな衝撃波のことを考えたのだろうか？

ほとんど機械的に動き出し、セランが人工的につくった重力によって表面に沿って歩いていくと、しばらく探してようやく、カルタン人の熱のシュプールと物体内部に通じるエアロックを見つけた。

ヘルメットをよせあわせながら対応を検討する。ほかに選択肢はない。ここかほかのエアロックを通り、なかに入るのだ。かれらはこのエアロックに決めた。

ハロルド・ナイマンは開口部の機器にかがみこんで調査した。いくらか驚いたことに、システムの把握は容易だった。それを操作し、次の展開を待つ。

外側のハッチがスライドして開き、そのまま停止した。エアロックに順に入り、外側が閉じて内側のハッチが開くのを待った。四名を迎えたのは暗い通廊で重力も空気もなかった。ケーキのひと切れの内部を見た最初の印象は、瓦礫や残骸を調査したときと変わらなかった。かれらは進むのをやめ、セランが進行方向にしばらく危険はないと合図を出すまで待った。

カルタン人の熱のシュプールはまだのこっていた。かれらは一列になって通廊を進み、べつの通廊と交差するところに出た。ここもまだ、いたるところが暗い。ネコ族はそこで曲がり、左に向かっていた。ナイマンはそれにならおうと思ったが、考えを変えた。前方を指ししめし、探りながらまっすぐ進む。セランは、いますぐ重力フィールドのスイッチを切ったほうがいいと注意をうながした。かれは同意し、そこから無重力状態で浮遊していくことになった。

通廊はちいさなホールに通じていて、その中央に反重力装置があった。先頭にいたナイマンは投光器をつけ、チューブの外側を照らした。そこで色が褪《あ》せた文字のシュプールを発見した。しかし、その文字から建造した者について結論を引き出すことはできなかった。反重力装置は円形のチューブで、多くの種族が使っているタイプだ。格納庫のチーフであり搭載艇艇長であるかれは、なぜかこの船でハウリ人に会えるのではないかと予測していた。どうして、そんな考えが浮かんだのかはわからない。なにか似た例を考えたのだろう。意識的にではなく、直感的に考えたのだ。そう結論づけた理由は説明もできないし、理由もあげられない。出入口に近づいて確認すると、反重力フィールドは故障していた。

　チューブの周囲をまわり、仲間についてくるように合図した。自分たちがきた方向にそのまま進んでいく。通廊の左右に最初のドアがならんでいて、何度もかんたんな開閉装置を作動させたり、セランのグローブを記録された感熱フィールドにあてたりした。変化は生じず、ドアはいずれも開かなかった。船内のこの領域にはエネルギーが流れておらず、なにか発見するには、さらに奥まで侵入する必要があることをかれは理解した。

　すぐそばの分配ステーションで、反重力装置にはいり、スーツの力で上昇した。こうして三階上にあがると、装置を出て、また通廊を進みはじめた。まだすべてが暗闇につつまれたままで、ナイマンは安全の確保を一部、あきらめることにした。セランが投光器をすべてつけたので、百メートルの範囲がすくなくともいくらか必要なだけ見えるようになった。

かれらはこれまでよりも幅が二倍ある通廊を進んだ。そこは依然としてケーキのひと切れの内部、中央部のどこかへとつづいていた。セランは探知したが、カルタン人がいるという形跡は確認されなかった。遠くはなれた区画にいるのか、それともすでにこの船から脱出してしまったのか。

最悪の可能性、つまりかれらがこの施設の住民の犠牲になったかもしれないということについては、ナイマンは考えたくなかった。

通廊の行きどまりになっている扉の前でナイマンは立ちどまった。

「なにが起きようとも、全体を見通す力を失ってはならない」仲間に説き聞かせるようにいう。「さらにここにいるかもしれない敵が期待しているような行動はけっして、してはいけない」

かれらは引き返し、三十メートルほどもどってドアの前についた。通常の方法では開けられないので、ナイマンは分子破壊銃を作動させ、錠を破壊した。これでドアをスライドさせることができた。同時に、なかにはいるとキャビンの天井の照明が明るく点灯した。

キャビンは埃《ほこり》が積もっているだけで、なにもなかった。かつて倉庫として使われていたのだろう。壁には留め具がのこっていた。キャビンの反対側にもさらにドアがあり、こんどはガリバー・スモッグが作業した。ドアをスライドさせ、うしろにさがる。

開口部が漏斗《ろうと》状になった、箱のようなかたちをした機械が眼前にあった。開口部の前に光る輪ができ、どんどんひろがっていく。

「危険だ！」ナイマンは叫び、からだをわきに投げだした。セランはとっくにバリアを作動させていた。

「撃つな！」突然、言語学者の声が響いた。ノーマン・スペックが前に出てきて、機械に向かった。そこで自分たちを記録しているカメラの目を見つけた。

「われわれの目的は平和だ！」かれは告げた。

それに応答するように、機械の断片が耳のそばを飛んだ。目の前に四体の戦闘ロボットのグループがいて、すぐに発砲を開始してきた。ロボットたちもサーモ・ブラスターの波につつまれる。ナイマンが先頭の一体を、スペックがそのうしろを撃つ。ほかの二体は床の開口部から姿を消し、もはやあらわれることはなかった。

四名は煙をあげる二体のロボットの残骸にかがみこんだ。ハロルド・ナイマンはヘルメットバイザーの奥で明らかに蒼白になりながら、〝エルトルス人〟を見つめた。

「テラの船の遺物がここで任務を果たしているという説が、ますます真実味を帯びてきた」と、うなる。「やっかいな展開に直面することになりそうだ」

「ここでテラナーに遭遇するということか？」ティリィ・チュンズが甲高い声で訊ねる。

「いや、きっと、それはない。テラナーだったら、とっくにわれわれを認識し、通信してきているはず！　いま相手にしているのは、おそらく自身の秘密を守るため銀河系かそのほかの技術を駆使している権力だ！」

　テラで製造された二体の戦闘ロボットを最後に一瞥すると、四名は目の前のキャビンを調べた。そこはかつてラボだったにちがいなかった。容器の破片が散乱し、熱兵器の作用で溶けて塊りになったコンソールがある。壁からは配線の残骸が突き出し、天井の舗装が一部垂れさがっていた。ここにもエネルギー・ビームは深く侵食していた。

　すみでティリィは輸送用コンテナの瓦礫を発見した。なかはゴミだらけで、《カシオペア》の四名は、それを調べてどこのものかを結論づけるのはあきらめた。

　キャビンを横切り、しばらくこの階にとどまることにした。三つあるドアの中央を通り抜ける。

　ケーキのひと切れのかたちをした物体の中心まではそう遠くないだろう。

＊

　かれらは誤解していた。セランがはじきだした船の数字上の中心は、あらゆる方向に通じる入り組んだ通廊で形成されていた。そこが司令室でないことは疑いようもない。

しかし、いま、スーツが生物とロボットが接近していることを探知し、ナイマンは立ちどまり、相手の動きを確認するため待った。ロボットは遠ざかっていったが、生物たちは近づいてきていた。かれらも船の中心に向かっているようだった。

男たちは反重力シャフトにはいった。

「ここで待機しよう」ガリバー・スモッグが提案した。ノーマン・スペックもこの意見に賛成した。ティリィは、特殊なスーツにつつまれた皿状の頭を揺らしただけだった。

ハロルド・ナイマンは、船尾があると思われる場所につづく通廊のひとつに入ったと判断した。ここのまるみを帯びた部分は、隆起している部分や建造物があって均一な円を描いているわけではなかったが、それでも全体はまさにケーキのひと切れのようなかたちだった。

セランが警報を発した。ひとつ下の階からロボットが接近していた。距離がそれほどないため、問題なく識別できる。ナイマンは渋面をつくった。

「あいつらにちょっとした教訓をあたえてやろう。われわれ、混乱したカルタン人を助けるぞ。いこう！」

そういって前方に向かって走り出し、数分後には飛翔装置のスイッチを入れるように声で指示した。矢のように飛びだしていき、三名の仲間は必死にそのあとを追った。通廊は二百メートルほどまっすぐつづいたのち、左に曲がり、次に右に向かって弧を描いていた。ナイマンは急停止して着地した。両腕をあげ、立ちどまっている。

「われわれの目的は平和だ！」ノーマン・スペックが先刻ロボットにいったのと同じ言

葉を、かれは告げた。

二十名以上のカルタン人の一団が静止した。ネコ族は三十メートルほど向こうにいて、四名の出現に面食らっている。武器がかかげられ、数発の銃声が響いた。ビーム弾は壁や床にあたって跳ね返った。それがハロルド・ナイマンにとどくことはなかった。《カシ＝2》の艇長はセランが自動的にはったバリアに守られている。

「われわれを追いかけてきたのか！」甲高い声が通信にはいった。「なぜ、われわれをほうっておいてくれない？　われわれの死を見たくて、ここにきたのだな！」

ナイマンと仲間たちは、どう返事をすべきかわからなかった。困惑して目をあわせる。ようやく艇長が口を開いた。

「われわれはテラナーだ、わかるか？　銀河系からきた人類だ！　われわれは銀河系船団に属している！」

「銀河系船団とはなんだ？　いや、だまされないぞ！」

すべてのカルタン人が銃撃をはじめ、四名は防御バリアのなかで過負荷のエネルギーによって生じる危険を避けるため、たがいにすこしはなれた。

「全精霊にかけて。気をつけろ、われわれの背後にロボットがいる！」

ガリバー・スモッグが最初に気づいた。床に身を投げだす。コンビ銃が灼熱の炎を噴いたが、集結するロボットたちを揺るがすことはできなかった。ロボットたちは順に砲撃を開始し、べつの方向からはカルタン人がかれらを敵だと考えて攻撃してくる。

ノーマン・スペックは通廊の壁のすぐそばに近づいた。かれはどちらの側も銃撃しなかった。近くにドアがなかったので、壁に穴を開けはじめた。通れるくらいの大きさになると、かれはからだを起こした。仲間に知らせて、穴を抜けて暗いキャビンに身を投げだす。三名がそのあとを追ってきた。ナイマンは金属製の家具を見つけた。それは低い台座のついたテーブルで、床にななめにたおれていた。かれらはそれを壁の穴にたてかけ、サーモ・ブラスターを数発撃って壁に溶接した。向こうではロボットたちが足を踏みならしていたが、追ってはこず、ネコ族のほうに向かった。そのあとカルタン人の悲鳴が聞こえた。それはかれらの防御バリアがテラ製のものほど抵抗力がない証拠だった。

「スモッグはどこだ？」ナイマンはキャビンを照らした。ガリバーは光のあたらないところに出て、向かいの壁に沿って探るように歩いていて、ついに探していたものを発見した。照明がついた。四名の男はキャビンの設備を調べ、顔を見合わせた。壁ぎわには長いつくりつけの棚、回線のついたさまざまな箱、無数のデスクや椅子がある。片隅には樽型の清掃ロボットがつるされていた。

「ここはなんだ？」ノーマン・スペックがしずかにいった。「われわれ、どこに出てきたのだ？」

「これは明らかにテラ型船の食堂だ」と、ティリィ・チュンズ。「わからないのか？」

言語学者は防御バリアのスイッチを切り、セランを着たままで椅子にすわりこんだ。

「気分が悪い」と、つぶやく。「向こうの、あれ、出入口のわきにあるものが見えるか？　あれはまぎれもなくテラの船にあるインターカムと同じタイプのものだ！」

「だが、ここはテラの船ではない！」ナイマンの声は自暴自棄になっているように聞こえた。

「まさに」スペックがつづける。「だからこそ、なにもかも混乱しているんだ」

かれはうしろを向くと、友をじっと見つめた。

「なんといった？　われわれがだれだと？」

「だれもなにもいっていない」

スペックは心の内に耳をかたむけた。数秒がたって、仲間同士の通信に割りこんだ者がいるとセランが伝えてきた。

「あなたたちはだれだ？」かれらに問いかけが聞こえた。「マスクをはずして、正体をあらわせ！」

「すまない」と、かれは返事をした。「呼吸可能な空気も重力もないので、われわれはよかれ悪《あ》しかれ、セランを脱げない！」

「とても残念だ。こちら、R＝ラスト。あなたたちを移動させる。われわれの君主の聖域に侵入して、罰を受けない者はいない！」

　ナイマンはすぐに質問をふたつしたが、話し手の応答はなくなった。コンタクトが切れていた。

「君主だと、ばかな」スペース＝ジェットの艇長は毒づいた。「いったい、どんな生物なんだ？　カルタン人か？　人類なのか？」

「なんでもいい！」ガリバー・スモッグは食堂の出入口を開き、外の通廊をのぞいた。

「いまのラストが脅しを実行する前に、ここを出たほうがいい」

　船内食堂をしばらくとまどいながらもあこがれるように見つめたあと、かれらは進みだした。

＊

　ロボットがあらわれてじゃまをされることもまったくなく、かれらは不安になった。遠くから、カルタン人がロボットと戦う音が響いてくる。しばらく待ってから、しずかになった方向に向かった。そこで発見したのは破壊されたロボット八体で、五十メートル先の角でもさらに二体見つけた。それはすべてテラの戦闘ロボットだった。

　ハロルド・ナイマンは、物体のこの区画の設備をもう一度確認することにして、いちばん近い反重力シャフトに向かい、セランに船団の緊急コードを発信するよう指示した。

一瞬で反重力シャフトの照明が点灯した。フィールドが安定して、上方に流れはじめた。かれらはシャフトに入り、上に向かった。

「われわれはこの船に身をかくしている主を追っているようだ。すくなくとも必要なときには、ここではエネルギーが使える。外部セクターでは違うようだが」ナイマンは指ししめした。「なにが待ち受けているのだろう？　それともこれまで緊急コードをためさないで、ただ暗闇で手探りしていたせいで、エネルギーを使えなかったのか？」

見慣れない船の上から下まで人類の技術がつまっているとは、考えもしなかった。

それがわかったいま、驚くこともなかった。六百九十五年のあいだにはさまざまなことが起こりうる。宇宙ハンザ同盟からどれだけの銀河の種族たちが宇宙船を供給されただろうか。指揮官であるテラナーの想定をはるかに超える状況が生じている。

シャフトの出入口の上の照明表示機は、ほとんど機能していなかった。それでも中央の階の出入口ははっきりわかった。下を見るとシャフトは曲がっていて、乗りこんだ階はもう見えない。

スモッグがうなり声をあげた。かれはこのグループのチーフで、当然のようにすぐに外に出た。一瞬でかれは姿を消した。仲間が出入口のそばに集まると、かれの呼び声が聞こえてきた。

「こっちだ、早く。手を貸してくれ！」

かれは負傷した男カルタン人を発見したのだった。ネコ族は通廊の出入口付近で倒れていた。宇宙服で守られていたが、スモッグのセランはすぐにこのスーツに穴があるのに気づいた。カルタン人は呼吸できる空気をすべて失っていた。一団を目にすると、カルタン人の両腕がわきに垂れさがった。

「すぐに殺してくれ」ゴロゴロした声でいう。「先祖のところへいかせてくれ！」

ガリバー・スモッグは長くはためらわなかった。セランはすでに粘着性のある合成物質をつくっていて、スモッグは両手袋を宇宙服の穴に押しつけた。

ノーマン・スペックも手伝い、ふたりでその物質を宇宙服の穴にあてて、防御フォイルを引きはがした。合成物質はすぐに冷えて、弾力性のある保護膜を形成した。穴は閉じられた。

ハロルド・ナイマンのほうはカルタン人のけがの手当てにとりかかっていた。銃創の直接的な治療は、この真空空間では不可能だ。しかし、テラナーにはカルタン人の医学についての充分な知識があり、負傷者が体力を回復するための注射を打つことができた。ネコ族は目を閉じて、うしろにもたれた。数分間、黙ってみながまわりで見守っていると、かれはふたたび目を開け、投光器を見て、これは夢ではないと気づき、質問をした。それはかれらが予想していたものだった。

「なぜ、こんなことを？　なぜわたしを殺さない？」

「どうして殺さなくてはいけないのだ？　われわれは敵ではない！」

「いや、われわれは敵同士だ。おまえたちはハウリ人だな？　われわれの仇敵《きゅうてき》だ」

「われわれはテラナーだ。銀河系の人類、サヤアロン、〝はるかなる星雲〟からきた人類だ！」

「では、呪われた者たちだな。おまえたちは病気なのかもしれない。われわれが仇敵であることを忘れているとは。かつて、われわれのなかのだれかが、おまえたちをやさしく扱ったことでもあるのか？」

「われわれはあなたがたを助けた、あなたがた、全種族を！」ノーマン・スペックが強く反論した。「忘れてしまったのか？　ハンガイ銀河の遷移を思い出せ！」

「そんなことは知らない。おまえたちはＩＱだ。人類で、ハウリ人でないなら、かれらと同じＩＱだ。われわれはおまえたちを狩る種族だ！」

　この謎めいた言葉を聞いても、どうしようもなかった。さらに話をしているうちに、けがをした男のカルタン語が、ハンガイ銀河で出会った者たちとすこし違うことにも気づいた。六百九十五年という長いときは、ここでも変化をもたらしていた。しかし、このカルタン語は、かつてのハンガイ＝カルタン語と三角座カルタン語よりも、まだもとの言語に似ていた。

「ここでなにが起きているのか、だれか教えてくれないか？」ノーマン・スペックが仲間に目をやった。返事はなかった。友の腕をひと突きしてもまるで効果はなく、カルタン人にまっすぐ向きなおった。

「あなたがたはわれわれを狩る種族だというのだな、それはどうにかわかった。だが、われわれを狩る理由は？　あなたがたとわれわれのあいだにはどんな敵対関係があるのだ？　それはいつからつづいている？」

　カルタン人が動いた。注射の効果があらわれている。かれはすこし背中を伸ばした。ティリィとガリバーはわきの下に手を入れると、壁ぎわにまっすぐにすわらせた。かれは目を閉じた。ヘルメットのバイザーの奥で荒く息をしている。しばらくして目を開けると、かれは好奇心と理解できない思いが混ざった眼差しをテラナーとブルー族に向けた。

「本当に知らないのか、サショイにかけて？　わたしは頭がどうかしているのか。どうして知らないなんていうことがありえるんだ？　だれもが知っている！　どこでも語られている。わたしの船は、この宙域をみずからのために利用する権利がある。何世紀も前から、おまえたちのようなヒューマノイドは、われわれにそれについて問いかける勇気をなくしていただろう。おまえたちはわれわれの船がしたように、数で負けて逃げ出したのだろう。教えてくれ、どうしてそのような船団になったのか？　どこにその船団は配置されている？」

言語学者は返事をしようとしたが、ナイマンはやめるようにと手を横に振った。カルタン人の話には、なにか不審をいだかせるものがあった。本当にかれは銀河系船団を、ひそかに編成された部隊だと信じているのだろうか？　そうだとすると、いまの発言は不気味な意味をもっている。このネコ族は、テラナーはもはや船団を組んで宇宙を自由に飛びまわれる状況ではないと主張しているのだ。

かれは夢を見ているのだ！　搭載艇艇長は自分にいい聞かせた。

「われわれはあなたを救った」かれはできるだけしずかに語った。「問いかけるのはわれわれだ。逆ではない。あなたがたはどこからきて、なにをしているのだ？」

「これから話そう」カルタン人は約束した。

6

　君主はまだのこっていた最後のロボットからの報告を受け、カルタン人の戦闘力を過小評価していたことを認めることになった。船もろともかれらを破滅させなかったのはまちがいだった。そうしなかったのは、無意味な犠牲者を出さずに防衛するよう、プログラムが指示していたからだ。君主は自身が直接的に影響をあたえる領域の外にいる者たちの命を大切にあつかっていた。ロボットが戦うのは、その領域に侵入する者たちだけなのだ。

　カルタン人は予想していたよりも狡猾《こうかつ》だった。死傷者が出てもひるむことはなく、君主もこのような展開は想定していなかった。かれらがここにきて、近くまで侵入しようとしたのははじめてではない。君主が衝撃を受けたのは、ロボットと戦うかれらの能力だった。ロボットは一体をのぞいてすべて破壊された。R＝ラストはかれにとって唯一の戦力となった。侵入者がふたつの異なるグループに分かれていて、たがいに戦っているという事実を知らせてくれたのもこのロボットだった。

そこで君主は、侵入者がたがいに倒しあい、数名がのこるだけになるのを待った。しかし、この願いもかなわなかった。そこでのこされた最後のロボットも犠牲にしようと決意した。戦闘ロボットたちはこれまでつねに、自己のシステムを重要視し、エネルギー消費を最低限におさえる働きをしてくれた。君主は今後一万年という長いときのためにエネルギーを分け、防御システムもそれにあわせて設定していたのだ。

いま、君主はこの方針を破った。R＝ラストも戦闘で倒れれば、国の内部の防御システムを活性化させ、総力をあげて攻撃するしかない。

君主は最後のロボットを送り出し、侵入者の第二のグループがどんな生物なのか探りだそうとした。絶対的に確実な方法をとり、まちがいを起こしてはいけないという強迫観念に駆られていた。君主のなかの基本的な構成要素がそれをもとめていて、この場合、ほかのすべては二の次だった。君主はロボットとコンタクトをとった。

「その生物たちのところへいき、観察しなさい。しかし、自制すること。相手の正体が完全に判明するまで、存在を知られてはならない」

R＝ラストが指示を確認すると、君主はこれまでの長いあいだの習慣どおりにした。最後のロボットからの信号を待つことにしたのだ。

＊

かれの名はドル・ハラン、《マアシェル》の指揮官だった。乗員の一部はトリマランにのこり、損傷した機器を交換し、せめて母港まで航行して到達できるように奮闘中だ。これまでエアロックの手前で四名の乗員を失ったが、グループののこりはかれの指示で、獲物がいると思われる領域へさらに侵入した。帰路ではかれをひろって、《マアシェル》に向かう予定だった。

ドル・ハランはまた、ハンガイ銀河に存在する数百のカルタン人の勢力圏のひとつであるサショイ帝国のＩＱハンターの全部隊の総司令官でもあった。サショイ帝国のＩＱハンターは奴隷商人で、その仕事は高い知能指数《ＩＱ》を持つ異人の知性体を集めて凍結し、サショイ世界にもどったあと、奴隷市場において高値で売りさばくことだった。

〝ＩＱ〟という言葉はかれら自身の言語ではなく、インターコスモに由来する。サショイ帝国のカルタン人が、インターコスモを話す領域から奴隷を連れてきたため、直接使われるようになった言葉だという。この略語はすべてのヒューマノイド、とくにハウリ人とテラナーを明らかにひとまとめにしてあらわしていた。

ハロルド・ナイマンはうなじの細い毛が逆立つのを感じた。かすかな静電気のような疼《うず》きが首のうしろを走る。歴史的な事実の歪曲には観念するしかない。テラナーとハウリ人に共通点などまったくないのに、いまカルタン人にいっしょにされている。

「冷静に行動しよう！」かれはうなると、仲間を順に見つめた。「ここで大局を見失ってはならない!」

核心については語りたくなかった。ひそかにノーマン・スペックに目をやった。かれは過去についてはあらゆることにとくに敏感だ。スペックは動かなかった。硬直し、負傷したカルタン人をじっと見ている。

ドル・ハランの話から視野がひろがり、六百九十五年がなにを意味するか、はじめてまともに眼前につきつけられることになった。ハンガイ銀河での展開がただの一部にすぎないとすれば、全体はずっと恐ろしいものにちがいない。

「テラナーとハウリ人をなにがつないでいるのだろう?」ナイマンが言葉を発した。

「両種族に共通点があるのだろうか?」

これに返事があり、かれは驚き、不満をいだいた。ドル・ハランの説明では、かれらは知能指数《IQ》が高いために優秀だと評価され、サショイ帝国のカルタン人が強く望むほかの能力も持っていた。したがって〝IQ〟という呼称はたんに知能をあらわしているだけではなく、その価値が高く評価されているということもしめしていて、奴隷にとって栄誉でもあった。一名かそれ以上のIQを所有しているといえるカルタン人は全員、きわめて尊敬され、裕福だった。

ドル・ハランは帝国の法律にしたがって完全に合法的に行動していた。またIQに関する貢献によって、皇帝から正式に位を授かっていた。それ以来、かれは奴隷市場を活性化させるため、さらに尽力した。

ハンガイ銀河の歴史的発展についてネコ族はなにも情報を知らなかった。現在の構造がどうして生まれたのか、テラナーの切迫したような問いかけに答えられない。知っていたのはただ、ハンガイ銀河のカルタン人と、かつてカンサハリヤと呼ばれていた共同体のほかの種族たちが対立しているということだけだった。カルタン人の国の一部はゆるやかな同盟を結び、サショイ帝国は四つの住民のいる星系にひろがっていた。

カルタン人がこの船の墓場にきたのは、このかくれ場に知性と技術にすぐれてとくに人気の高いヒューマノイドがいると思ったからだった。宙航士や放浪する種族は、ここには洗練された防御システムがあって、それによって墓場の宙域から追い出されてしまうと報告していた。

ただし、それは生物がまったくいないロボットの警備システムのようだとされていた。

ハロルド・ナイマンは考えこんだ。ドル・ハランの話は正しく、もっともらしく聞こえる。トリマランの強力な防御フィールドにもかかわらず、死傷者をだすことなく搭載艇が破壊されたのは、完全な機能があるロボットの存在をしめしている。一方、ケーキのひと切れのかたちをした船に侵入した生物は徹底的に攻撃された。しかし、そこでもロボットが背後にいたのかもしれない。矛盾が感じられるが、そのうちきっと解消するだろう。

「おまえたちの仲間はいま、どこにいる？」カルタン人がたずねた。

ドル・ハランのほうはそれを知らなかった。かれは仲間に、けっして通信を使わないよう指示していた。目的地に到着したら、そのときふたたび連絡すればいいのだ。

「かれらは目的地にけっしてたどりつけないだろうよ」ガリバー・スモッグはいった。

「勘違いでなければ、われわれは救助に向かわなければならないだろうな」

「そうするのか？」ネコ族はうめいた。

「あなたがたがわれわれの種族やほかの者たちにどんな危害をあたえているのか、具体的なことはなにもまだわからない」ナイマンは返事をした。カルタン人に自分たちの問題について詳細を話すのはひかえた。ドル・ハランは好きなように考えればいい。窒息死から救われたことを、かれはよろこんでいるにちがいない。

カルタン人からはもうひとつのヒントを得ていた。宇宙船の墓場についての宙航士や宙賊の報告のほかに、ネコ族は重要な情報をもっていたのだ。それはドル・ハランの狩猟区のひとつ、ブガクリスという名の極限世界についての話だった。そこではＩＱたちが非人類的な環境で暮らしていて、その環境に合わせて野性的になり、いろいろ工夫しながら追い立てられて生きる集団となっていた。カルタン人の話では、このＩＱたちは容易には捕まらなかったが、力をつくす甲斐《かい》はある獲物だった。かれらは忍耐強く丈夫で、ものおぼえもよく、過酷な作業にも使えるので高く評価されていたのだ。

そのブガクリスで、ドル・ハランはこの船の墓場の座標を知ったのだ。

ハロルド・ナイマンはますます考えこんでいた。この話のなかでなにか手がかりをつかんだ気がした。しかし、確認できていない。いろいろ考えても、正しい関係は見いだせなかった。知るべきことが山ほどある。ともかくできるだけ早くこの話を正確に分析することにした。

「あなたの防御バリアは破壊されている」しばらくドル・ハランの肩のベルトを確認して、かれはいった。「無防備な状態だ。しかし、無防備な相手を撃つ者はいないだろう。ロボットだとしてもだ」

「どうしてそんなことがわかる？」カルタン人は弱々しく息をついた。

「テラのロボットだからだ。プログラムしたのが何者にせよ、プログラムしなおすことは可能だろうが」

ある計画が頭に浮かんでいた。ロボットを一体、なにがなんでも捕らえ、その記憶装置を調べなくてはならない。自分たちがだれを相手にしているか、突きとめられるはず。しかし、カルタン人の懇願するような目に、決意が揺らいだ。かれはブルー族を指しめした。

「ティリィ、しばらくこいつの近くにいてくれないか？　ドル・ハランにはまだ助けが必要かもしれない！」

甲高く調子はずれの音をたてながら、チュンズは了承して艇長の要求にしたがった。三名のテラナーはかれとネコ族に会釈すると、出発した。これまでの方向と同じほうに進み、セランのパッシヴ探知だけの使用はあきらめた。正確なアクティヴ探知を行ない、ふたつの通廊のあいだで、エネルギー・レベルを低くたもったまま位置を変えないロボットも発見した。

ガリバー・スモッグはデータと座標を見て苦笑した。「このロボットはわれわれの進む道について情報を知っているようだ。同時に、どの方向に向かえばいいのか、われわれの推測を立証してくれた！」

＊

はじめはロボットとかくれんぼをするつもりなどまったくなかった。かれらのところにとどくインパルスからもわかるようにロボットには強力な探知システムがあり、どんな変化にも反応できた。

そのため、かれらはロボットがいないかのように行動した。セランの防御バリアのおかげで、テラ製であることをはっきりしめす放射をもつロボットに襲われることはなかった。

ハロルド・ナイマンは目標を定めることなく銃を一発発射した。そこにはＮＧＺ四四七年の船団コードを暗号化した指向性の通信インパルスが仕こまれていた。かれはエコーを待ったが、それがなかったので呼びかけた。「R＝ラスト、話がしたい。聞こえるか？　おまえはわれわれに話しかけ、正体を明かすようにもとめた。われわれはテラナーだ。銀河系船団に所属している。この情報でなにかわかるか？　われわれの船は《カシオペア》、NGZ四四七年にアトランとともにタルカン宇宙に向かった船だ」

返事はなかった。かわりにロボットが動き出し、かくれ場をはなれた。

「ガリバー、いけ！」かれらは手で合図して、たがいに意思疎通をはかった。砲手はそこから急いで飛びだし、水平の姿勢をとった。床から半メートルの高さをたもって三十メートル進み、ロボットの真上に出た。かくれ場を通過し、インターカム・コンソールの奥に身をかくした。防御バリアも切って、慎重にそこから外をのぞく。二名の仲間もゆっくりと近づいてきた。

ロボットがドアから姿をあらわした。それはTKRグラディエーター型で、テルコニット鋼の合金製の高品質の戦闘ロボットだった。ロボットはゆっくりと二名のほうを向いた。腕を垂らし、人類に似た構造の頭部を前後に揺らしている。防御バリアは作動させていない。

「わたしはR＝ラスト」ヘルメット通信から声がした。「わたしの君主によって、あなたがたをためすために送られました。あなたがたは何者ですか！」

「われわれを認識する方法はいくつかある。そのうちのひとつはすでに使った。コードを送っただろう」

「コードは盗まれたり、偽造されたりしているかもしれない。ほかの方法で自己を明かしてください」

「それもいいだろう。この通廊を空気で満たしてくれ。そうすればヘルメットを脱ぐから、テラナーだとわかってもらえるだろう！」

「その方法は特例の場合のみです」

「では、どうすれば認識してもらえるのだ！」しだいにハロルド・ナイマンはいらだってきた。わきでなにかが動いた。振り向いたが、すでに遅かった。ノーマン・スペックの銃が火を噴いていた。炎がロボットに向かい、ロボットを変形させた。ロボットは地面にたおれ、動かなくなった。

「そんなことをする必要はなかった！」ナイマンがうなり、スペックは両手をあげた。

「話していても、埒《らち》が明かなかっただろう、ハロルド！」

かれらはロボットに駆けよって、調べはじめた。動作機能は停止していて、赤いランプが二名に警告を発した。自爆装置が作動したのだ。のこりはわずか十秒か二十秒だ。

「ガリバー、かくれていろ！」ナイマンは叫び、立ちあがるとセランで高速でその場をはなれた。スペックがそのあとを追う。

「コード化されたインパルスがロボットから放射されました」艇長のスーツが伝えた。

「コードはわかります。テキストが必要ですか？」

「もう必要ありません！」冷静な声が通信機に響いた。同時に、真空空間でロボットが音もなく爆発し、床や壁がいくらかけずれた。

「話しているのは、だれだ？」ナイマンは耳をすました。

「こちらは君主です！　対外的な事情によってもっと早く個人を認識できず、申しわけありませんでした。これは何世紀にもわたって試行されてきたシステムと長期計画のせいです。このような遭遇が実現する可能性はきわめて低く、ときがたつとともにさらに減少していきました。わたしの最後のロボット、その最初の通信インパルスから、結果はすでに出ています。主要なシステムを起動させました。重力ジェネレーターが作動し、空気もこの国の内部に送りこまれるでしょう。最後のサブ・システムにもエネルギーが供給されたら、発光表示を点灯します！」

「なにを支配する君主なのか、まったく想像できない。これは船で、国ではない。より詳細な情報がほしい！」

「かんたんにまとめてしまって、すみませんでした。あなたがたは当然、制御が限定的な断片にいるのです。わたしは君主ですから、もちろん自分の国のことを話しています。しかし、いまはあなたがたの国のことです。あなたがたの名前を教えてください。指揮官の名は？」

　三名は顔を見合わせ、かぶりを振った。なにが起こっているのか理解できない。しばらくは好意的な態度をとろうと無言で決め、名前を名乗った。

「わたしが近くにいる搭載艇の艇長だ！」ナイマンがつけくわえた。

「ようこそ、ミスタ・ナイマン。あなたたちは、この稜堡《りょうほ》の正当な主です。いまここで、あなたがたに指揮権をゆずります。すべてのシステムは再起動ずみです。天井に光の点があるのがわかりますか？」

「見える！」

「それにしたがって進んでください。目的地まで案内してくれます。船内には捕らえられたカルタン人以外の生物はいないということは、わざわざ説明することもないでしょう」

「おまえ……いえ、あなたが捕らえたのですか？」

「かれらは安全のために作成した罠にはまったのです。あなたが指揮官です。この敵をどうかたづければいいですか？　かれらはここに用はありません。おまけに自分たちは敵だと認めたのです！」

「ゆっくりいこう、ゆっくりとだ」思いがけず、まったく新しい責任をになうことになった艇長はいった。二名の仲間のあとを追い、もちろんすべてを通信で聞いていたティリィに短い情報を送る。

すでに重力は一Gで安定していて、通廊は呼吸可能な慣れた空気で満たされていた。かれらは反重力装置に到達し、周囲をまわった。うしろ側に保安扉があり、自動的に開いた。

ホールに出ると、そこからは一本の通廊が延びているだけだった。

「司令室へようこそ！」君主が告げた。「ヘルメットを開き、最後の身分証明ができますよ」

いわれたとおりにすると、かれらはあたりを見まわした。そこは特別に大きいキャビンというわけではなく、目の前には銀色にかがやく壁があり、ポジトロニクスの通常の管理エレメントと、スクリーンが一列、ならんでいた。この壁からいま、親しみをこめようとつとめる声が聞こえてきた。ハロルド・ナイマンはどこかその声に安らぎを感じたが、次の瞬間にはそんな思いは消えていた。

「ここがこの船の司令室なのか？」疑うように訊ねる。「かつて指揮をとっていたのはだれだ？」

「それはわたしにはわかりません。自分を指揮官だと思ってください。あなたにはそうする権限があります、サー！」

ハロルド・ナイマンはぎくりとして、うめき声をのみこんだ。

　一瞬のうちにひらめいた事柄に、かれは目眩《めまい》がした。ガリバー・スモッグとノーマン・スペックを見つめる。

「われわれはおろか者だ！」かれは大声をあげた。「なんと、まぬけなんだ！　おろかすぎて、単純な計算もできなかった！」

　このとき、自分の目で見て驚いた、飛翔生物のための扉について考えていた。行きどまりが上に通じるドアになっている通廊をつくったのはだれか！　そのようなシステムを見たのは一度だけだ。

「十万の部品なのだな？」飛行中に最初にわかったことをくり返した。

「そのとおりです、サー！」

「ほかの瓦礫はすべて、あとからくわわったのだな」

「そのはずです。ここの瓦礫ひとつひとつについてのデータはありません」君主は返事をした。

　ナイマンと仲間たちは、すでに自分たちがいる場所を悟っていた。それでも、まだ信じられなかった。

「君主として、あなたには名前があるのだろう？」とうとうかれは問いかけた。

「もちろんです、サー。わたしのことが、わかりませんか？　わたしはハミラー、ペイン・ハミラーです！」

7

ペリー・ローダンは《シマロン》司令室の奥にさがっていて、飲料自動供給機からフルーツ・ジュースをとりだした。すみのせまいところで腰をおろし、半円形の司令コンソールを見つめた。レジナルド・ブルは操縦士席にすわり、《シマロン》に割り当てられた宙域の探索を指揮している。

　成功にたどりつけるとはローダンはもはや思っていなかった。Xドア宙域とその周辺五百光年はくまなく調査されたが、わずかな手がかりも発見できそうになかった。故郷にもどる旅の途中に設けた最初の逗留は、こうして失敗に終わったことがわかった。

　唯一の手がかりは《カシオペア》からもたらされた。グンドゥラ・ジャマルは、カルタン人のトリマランを探知したと報告してきた。通信によるコンタクトもできたという。だが、ネコ族は逃走し、指揮官のジャマルはスペース＝ジェットに追跡させたが、そこからはこれまで知らせはいっさいないとのこと。おそらくトリマランはすでに姿を消していて、ネコ族がテラナーとのコンタクトを望まなかった理由はけっしてわからないだろう。テラナーがハウリ人と勘違いされたらしいという事実は、テラナーには理解できなかった。カルタン人は経験豊かな種族で、人類とも何度もコンタクトしているため、人類とハウリ人とは容易に見分けられるはずだ。今回の件は、なにかがおかしい。

すぐにまた球型船からべつのメッセージがとどいた。スペース＝ジェットが通信でメッセージを送ってきたのだ。宇宙船の墓場が発見され、意図はまだ不明だが、トリマランがそこにいるという報告だった。しかし、外部からの侵入者に抵抗して防御するロボットが存在するという。乗員たちからの報告に、ローダンは衝撃を受けた。人類を銃撃するテラ製戦闘ロボットの存在に恐怖を感じ、一時間以内に探索を中断し、墓場に向かうことにした。偶然からシュプールを発見できるかもしれない。

　ときが過ぎてもそれ以上の報告はなく、ローダンは集合を呼びかけた。銀河系船団は出発した座標にもどった。《カシオペア》に確認したが、新しい情報はなにもなく、ローダンは船長たちと話し合った。さらに半時間たっても変化はなかったので、船団を墓場に向けて出発させた。

　船団が第一の飛行航程を終了したとき、スペース＝ジェットから次の報告がとどいた。ナジャ・ヘマタからの連絡に、テラナーと全責任者たちはシートから立ちあがった。《バジス》が発見された！　ついにシュプールをつかんだのだ。ハロルド・ナイマンは《バジス》のフラグメント1の指揮をとっていた。

ハミラーの精神はたががはずれていた。高性能なポジトロニクスについて、この形容が適切であればだが。

ローダンはこぶしを握りしめ、指の骨をたがいに打ちつけた。

過去になにかカタストロフィと呼ぶしかない出来ごとがあったにちがいないと予感したのだった。

＊

《バジス》は、〝それ〟がネーサンの助力によって実行した成就の計画から生まれた。完全に新しいタイプの宇宙船で、むしろ空飛ぶ代替惑星というべきもので、この時代の技術者が想像できるかぎりの宇宙の利用のあらゆる可能性をすべてそなえていた。全長十四キロメートルの船の各セクターは、水平や垂直にきちんとならんで配置されたりしてはいない。それではむだな空間を生んでしまうからだ。そのためそれぞれ異なる角度で置かれ、各セクターの移動は重力フィールドで進めるように形成されていた。通廊を進むと、突き当たりの傾斜した天井にドアがある。そこに到達する前に、極性転換フィールドに捕らえられ、これまで床だったところから傾斜した壁が下になるように移動されるので、天井にあるドアをそのまま通って進むことが可能だ。この転換に一度慣れてしまえば、すぐにめずらしさもなくなる。このような重力の垂直方向の転換は、《バジス》内部でとくにめだつものでもなかった。それらは、巨艦の構造を定義する主要部のひとつにすぎなかった。この船の十万の個々の部分は、かつてルナ地下セクションのゲルミア・セクターＣ＝Ⅷ＝１２８＝Ｐで製造され、ルナの軌道に送られ、そこでロボットが組み立てたのだった。組み立てられる前、個々の部分は、混沌としていて、どんな役割があるのかもわからなかった。

　個々の部品はカオスのような分散状態にふたたびもどり、その隙間を数百隻のほかの宇宙船が埋めていて、まるで銀河間の空虚空間の特定の場所に集められた、破壊されたか、飛ぶ機能を失った残骸であるかのような印象を感じさせた。

　最初の調査の結果、すべての格納庫セグメントからすべての大型宇宙船と搭載艇が飛び立っていたことが判明し、船の数千名におよぶ乗員はこの分散状態になる前に安全なところに移動されたと結論づけられた。

　しかし《バジス》の部分は最初の状態にくらべて一点、異なる点があった。それはテラの船のシントロニクス記憶装置で、すぐに突きとめられた。船首の構成部で、かつての複数の部品を組み合わせた、ケーキのひと切れのような外見をしている部分だった。なぜここが細かく分散しなかったのか、その理由は明らかに、あらゆる異人からもっとも重要な部分を守る使命を負うハミラー・チューブが知っているにちがいなかった。

　そこから大量の疑問が生じた。

分散の原因は？

だれが指示したのか？

乗員だった人類はどこに行ったのか？

なぜ、あらゆる非人類が自動的に敵だと認識され、攻撃されるのか？

ハンガイ銀河のカルタン人が人類やハウリ人を狩り、ＩＱをもとめ奴隷として売っていたのは、なぜか？　この狩りを阻止した銀河系艦隊はどこにいるのか？

最後に、当時、故郷にのこった友や仲間はいま、どこにいるのだろうか？

＊

二時間が経過していた。ドル・ハランはティリィ・チュンズを追いはらった。自身の種族が迎えにくるのを待ちたかったのだ。通廊は呼吸可能な空気で満たされていて、カルタン人はヘルメットをうしろに折り返して開いていた。ティリィは傷の手当てをしようといったが、ＩＱハンターの司令官は拒否した。敵たちが自分に対して敵意をもっていないことは認めるしかなかったが、まだ不信感がぬぐえない。ドル・ハランはいまのこの状況が理解できず、通廊にひとりでとりのこされたことに安堵していた。

ブルー族は三名のテラナーがいる《バジス》の司令室へと向かった。ハミラー・チューブは小艦隊の船とすでに通信を確立していたが、いまのところまだなにも交信されていない。二時間が過ぎて、艦隊は宇宙船の墓場にまっすぐ接近していた。

「いくつか質問があります」ティリィ・チュンズが姿をあらわすと、ポジトロニクスがいった。「皿状の頭をもつこの異人は、あなたの指揮下にあるのですか？」

ハロルド・ナイマンは息をのむと、にやりとした。

「もちろんだ、ハミラー。ブルー族がギャラクティカムに属していることを知らないのか？」

「ギャラクティカムとはなんでしょうか。申しわけありませんが、そのような機関がわたしの国にはいりたいと望んだことは一度もありません！」

「いいかげん、くだらない真似はやめろ、ハミラー。ここは国ではないし、おまえは君主でもない！」

「どうしてわかるのですか。あなたはわたしより先にここにいたのですか、それとも先にいたのはわたしですか？」

ナイマンは返事をしなかった。もちろん、先にいたのは《バジス》だ。しかし、ハミラー・チューブが起動したのはＮＧＺ四二四年十二月十七日のこと。当時、ハロルド・ナイマンは十一歳だった。つまりチューブよりも歳上ということになる。しかし、経験した年数は、六百九十五年分を跳びこえてしまった。ただ残念だが、ポジトロニクスの記憶はＮＧＺ四四八年まで遡《さかのぼ》れないようだ。チューブは本当に、ハンガイ銀河が通常宇宙で実体化したときのことについて、なにも知らないのだろうか？

ナイマンは考えるのをやめた。ドル・ハランから聞いた話のおかげで、自身と仲間が、この七百年弱のあいだに世界が根本から変化したことを充分、納得できた。十四隻の船の乗員にとって、ほんの数時間前や数日前に現実だったとしても、それは、いまはまったく意味がないのだ。

搭載艇艇長は、言語学者でアマチュアの考古学者のほうに向きなおった。

「ノーマン、どう思う？」かれは訊ねた。「ハミラー・チューブには、どこか奇妙な点はあるだろうか？」

「頭がおかしくなっていることをのぞけば、なにも。もったいぶった話し方はむかしどおりだし。わたしもポジトロニクスのスペシャリストではない。だが、ペリー・ローダンはもっとくわしく知っているはず。ある時点で、チューブははげしい衝撃を受けたにちがいない。たがはずれているといってもいいだろうね」

この言葉でハロルド・ナイマンはばらばらになった桶を連想したが、そんな思いはすぐに捨て去った。もっと重要な仕事がある。

「ハミラー、捕らえたカルタン人たちをどうするかと、先ほどわたしに質問したな。その者たちは、いったい、どこにいる？」

スクリーンが点滅し、テーブルとひじかけ椅子が五十近くある食堂がうつった。部屋は明るい照明で照らされている。ネコ族たちは立っている者もすわっている者もいた。スーツに内蔵されている呼吸可能な空気の貯蔵を節約するため、ヘルメットを折り返して開いている。くつろいだようすだったが、出入口近くにいる何人かはブラスターをかまえていた。

「《マアシェル》から通信がはいりました」ポジトロニクスがいった。「カルタン人は船の重要な機器の交換と修理に成功しました。かれらは撤退できます。しかし、船を破壊したほうがよくはないでしょうか？」

「いや、ハミラー。捕虜をすぐに解放するのだ。できるだけ早く船にもどして、出立《しゅったつ》させるんだ！」

「お言葉ですが、それにはまったく賛成できません。ですが、もちろん、すぐにご指示は実行します！」

四名は、食堂の出入口が開いてカルタン人が外に出ていくのを見守った。ハミラーはかれらに決定事項を告げ、最後のひとりまでキャビンにのこることがないように案内していった。ネコ族は最短ルートで外側エアロックに向かい、セグメントの表面にならんだ。そこで待っていると、まもなく搭載艇が出現し、かれらを連れて船にもどった。カルタン人からの通信がはいることはなかった。船は姿を消し、一時間もたたないうちに探知機は、ハンガイ銀河に向けて船が逃げるように飛び去ったと告げた。

ちょうどこのとき、ペリー・ローダンと仲間は《バジス》に足を踏み入れていて、司令室の出入口でハロルド・ナイマンに迎えられた。

　ローダンは司令室をひと目で見てとった。なにも変わっていないのを知り、安堵した。すべてが当時のままだった。このキャビンだけが司令室なのではない。ここはいくつもあった司令室のひとつにすぎず、その全体で司令室を構成していたのだ。ポジトロニクス自体は幅八メートル、高さ四メートル、奥行き三メートルの箱型だ。チューブの構造は均質で、いわば継ぎ目がなく、どこからも、だれによっても開けられない。やっかいなテレポーターに対しても、あらゆる種類の武器に対しても防御システムがある。チューブはいつもハミラーあるいはペイン・ハミラーと自称していた。天才的な科学者ペイン・ハミラーの頭脳が組みこまれていると噂されていたが、直接、確認した者はいない。唯一の事実は、ペイン・ハミラーがこのチューブを建造し、謎の死を遂げたということだけだった。

「こんにちは、みなさん」ハミラー・チューブは到着した者たちを歓迎した。「お元気そうでうれしいです。飛行は快適でしたか？」

「むだ口をたたくな、ハミラー」ローダンは即座にいった。「われわれは健康状態について説明するために、ここにきたわけではない。この六百九十五年間になにがあった？」

「あなたは、どなたですか？」

ペリーはまずブリーをじっと見つめ、次にアトラン、グッキー、ティフラーを見やった。ニッキ・フリッケルもいっしょにきていて、ラトバー・トスタン、ポージー・プース、サラアム・シイン、そのほか、銀河系船団のメンバーもそろっていた。カルタン人も混ざっているほかの搭載艇も、このセグメントに向かって飛んでいる。

グッキーは一本牙《きば》をのぞかせ、ブリーは顔を軽く紅潮させた。アルコン人は意味ありげに微笑している。

「わたしを知らないというのか？」

「これまであなたにお会いしたことはありません。ご質問にもお答えできません。過去の数世紀のあいだに、どれだけ侵略の試みがあったかお知りになりたいですか？　こと細かにご説明しましょう！」人工的に調整された声に、誇らしげな響きがこもっていた。

「いや、けっこうだ、ハミラー」今回話しかけたのは、アトランだ。「おまえはわたしのことも、われわれの仲間のことも知らないのだろうな。そうだろう？」

「まさに、そのとおりです！」

ペリー・ローダンは顔を曇らせた。ポジトロニクスに建造された時代のキイワードになる言葉をいくつかあげたが、反応はなかった。

「《アウリガ》という名前になにか感じるか？」かれはさらに探った。「カタストロフィに見舞われる前に、おまえがコンタクトした最後の船のはずだが」

「知らない名前です。そうした名前の船がここにきたことはありません。カタストロフィとは、なんのことですか、ミスタ・ローダン？」

ペリーは断念した。これ以上話をしても無意味だ。同行していた《シマロン》と《カルミナ》のポジトロニクス・スペシャリストもとほうに暮れていた。調査しなければなにもいえない。しかし、ハミラー・チューブにどう接すればいいだろうか。ポジトロニクスは、《バジス》が分散し、乗員が脱出することになった出来ごともおぼえていない。

「もうすこしつけくわえるべきことがありました」ハミラー・チューブがいった。「ハロルド・ナイマンがこの国の指揮官です。わたしが権限をあたえました。物事はかれが決定します。《バジス》をまたできるだけ早くつなぎあわせられるよう、気を配るでしょう」

「それには時間がかかるだろう」ガリバー・スモッグは確認した。「それとも、ノーマン、どうだろうか？」

アマチュア考古学者は眉間にしわをよせた。「全体を組み合わせる前に、瓦礫の一部を修復し、戦闘や破壊のシュプールをとりのぞく必要がある。おそらく、かつての壮大な輝きをとりもどすには、何年もかかるだろう」

「まったく、たしかにね！」ネズミ＝ビーバーはポジトロニクスをこぶしで脅した。

「十万個の断片をまたしっかりつなぐなんてことができるのは、ルナのネーサンだけだよ。部品をひとつずつ背負って、太陽系まで運ぼうか？」

「見知らぬおかた、わたしはこの場で作業してもらいたいと主張します！」

ローダンはかぶりを振った。このままではなにも進展しない。ポジトロニクスは記憶を喪失して混乱しているだけでなく、生来の頑固さをさらに増長させている。ペリーはそこにひそむ危険性を認識していた。

「ナイマンには、この場で《バジス》を組み立てる許可をあたえる」かれはいった。「しかし、まずは安全プログラムを確立しなくては。異人によって作業が妨害されたら、どうしようもない。われわれはちいさな船団にすぎず、強力な戦力にはかなわない。ハミラー、おまえの安全対策もさらに強くしなくては。戦闘ロボットはもうないのだから！」

「そのとおりです、ミスタ・ローダン！　なにかいいご提案はありますか？」

「ポジトロニクスをとりはずし、一時、《シマロン》船内にうつしたい」

「了解しました。君主は一時的に引っ越しですね。そこでしたら自給自足のエネルギー供給がありますので、それでかまいません！」

ローダンは気づかれないように嘆息した。考えていたよりもかんたんに運んだ。ハミラー・チューブも、論理的な論拠があれば、受け入れるのだ。さらにポジトロニクスは過大に自己評価しているようだ。しかし、《シマロン》に運びこんでしまえば、ポジトロニクスは自力ではその工程をもとにもどすことはできない。

「すぐに作業にとりかかる」ハロルド・ナイマンはいい、三名の仲間に目で合図した。

＊

《カシオペア》に帰船するために通廊を進んでいると、ドル・ハランに遭遇した。置いていかれた場所に、まだ横たわっている。からだがひどく麻痺しているようで、切れ切れにしか話せない。自主的にここにのこったのか、仲間に置いていかれたのか、判然としなかった。ハロルド・ナイマンはそのそばで立ちどまり、医療チームを呼んだ。部隊はカルタン人を搭載艇に運んだ。そこにはサラアム・シインがダオ・リン＝ヘイとともにいた。負傷者を《ハーモニー》船内に入れて看病するように指示されていたのだ。ローダンは、カルタン人の帝国と死にゆく宇宙の銀河系の状況についてさらに話を聞きたいと関心を持っていた。これまで得た情報では、希望がもてるような状況ではなさそうだった。

その後、二百名の技術者がハミラー・チューブを壁からとりはずし、《シマロン》にうつす作業にとりかかった。この作業には三十時間弱かかり、いかに自身が代用のきかないものかとチューブが訴える音響的な心理テロから身を守りつづけるはめになった。

さらに手を動かすごとに、表面を傷つけてはいけないと警告された。ようやくケースが反重力プラットフォーム上に係留され、セグメント前部のエアロックに運ばれると、チューブは黙りこんだ。真空空間では言葉は相手にとどかないからだ。技術者たちは通信機のスイッチを切り、ようやくしずかになったことをよろこんだ。かれらはチューブを船内に入れ、壁に暫定的に固定した。

　するとふたたびポジトロニクスは警告と暴君的な言葉を発しはじめ、作業がようやく終わると、参加していた者たちは全員、逃げるようにホールを出ていった。

　ローダンは責任者全員を船の司令室に招集した。あらたな道を見いだすことが重要だった。だれもが、いまわかった事実から、最悪の事態が起きているのではないかと不安を感じていた。できるだけ早く銀河系に向かうことが決定された。目下のところ、分散してしまった《バジス》ではなにもできず、再構成はきわめて複雑で時間がかかる。故郷の状況の緊急な解明のほうが重要だ。組み立ては、あとで、またもどってからでも対処できる。

「だれがそれをハミラー・チューブに伝えるのだ？」アトランが訊ねた。

「うってつけの者がいますよ」ローダンはにやりとしたが、すぐに真顔になった。「あの男なら、いま自分が必要とされているのを悟って、ここに向かっているでしょう！」

　すこしして球形の頭蓋骨に、大きな目をした小柄なテラナーが入ってきたが、ローダンは振り向きもしなかった。深いグリーンのきものを着ていて、挨拶をすると、ローダンに会釈した。

「かんたんな仕事ではありません」アンブッシュ・サトーはいった。「このポジトロニクスは超現実学の手法では、あまり多くのことはできないでしょう。ですが、ためしてみる価値はあります！」

かれは深々とお辞儀をすると、ふり返った。

「ふだんは、そんなに悲観的なことはいわないだろうに」ペリーはたしかめるようにいった。「なぜ今回はそんなことを？」

「理性を失ったポジトロニクスは、理性を失った人類とはまさしく異なるからです」

ブリーがやってきて、小柄な男の肩に手を置いた。

「ひょっとすると、あなたの方法でまず、ハミラーがポジトロニクスなのか、脳みそなのか、あるいはその両方の組み合わせなのか、見きわめたほうがいいのかもしれないな、サトー！」

「その気があれば、すでにもっと早く突きとめていたでしょうね、ブリー！」

アンブッシュは反重力装置へと向かい、姿を消した。

「その点は、あいつのいうとおりだぞ、でぶ！」グッキーは指で脅すようにいった。

「あんたは、どうしていつもそんなばかげたことを思いつくんだろうね？」

*

「わたしがやらなければ、だれが無数の断片を守るのでしょう、ミスタ・アンブッシュ？　こんな方法でテラナーにあざむかれるのははじめてです。ハロルド・ナイマンはどこにかくれているのですか？　《バジス》の指揮官として、抵抗してもらわなくては。誇り高き船の各部分が略奪者たちの犠牲になるのを、かれは許してはいけません。なかにどれだけ貴重な技術が詰まっているか、よく考えてください！」

「よく考えたよ」超現実学者は説明した。「わかるか、ハミラー、わたしはまったくべつのことが気になっている。あなたは当時《バジス》と乗員にどんなことが起きたのか知らないと語った。では、なぜ貴重な技術が部品のなかにあるとわかるのだろうか？」

「すこしお待ちください！」

すべてのスクリーンが一斉に輝いた。断面図、器具の図、ホログラフ、構造の簡易なメモ、さらに《バジス》やその部品にふくまれるものの全リストが表示された。アンブッシュ・サトーは満足そうに微笑した。

「ありがとう」かれは話した。「知りたかったことがわかった」実際のところかれは、最後に破壊されたロボットにいたるまで、ハミラーのロボットが何世紀にもわたってすべてのセグメントを探知してきたと話すのではないかと、予想していた。しかし、ハミラーはいくらか異なる行動を見せた。この世に生まれたさいの設計図とデータを提示したのだ。ネーサンとおそらくハミラーだけしか熟知していないものだった。超現実学者にとってそれは、ハミラー・チューブがカタストロフィ以前の情報をしっかり持っている証拠だった。

その現象をこう説明してよければだが、ハミラーの狂気は、重要な情報を守るために、せいぜい部分的に、あるいはひょっとすると人工的に引き起こされたものかもしれなかった。ハミラーの狂気を治し、それによって過去の出来ごとについて情報を得たいという望みは、これまでよりすこしふくらんでいた。

「質問をくり返します」チューブが反抗的にいった。「ナイマンはどこにいるのですか？」

「おそらく自分の船《カシオペア》にいるだろう！」

「あれはかれの船ではありません。《バジス》がかれの船なのです！　どうしてかれは《バジス》にのこらなかったのですか？」

「それはわからない、ハミラー。自分で訊ねるといい。船団のどの船でも通信でコンタクトする方法はあるだろう！」

アンブッシュ・サトーはまた微笑した。ハミラーはたいてい個々の部品はなく、《バジス》のことを話す。つまり、ハミラーの〝意識〟は全体に存在しているのだ。ただし、

《バジス》が全体としてまとまったかたちで存在していた過去の時代とのつながりだけが、おかしくなっているのだ。

「またくる、ハミラー」超現実学者は別れを告げた。こんどは科学者のスタッフとともにもどってきて、ポジトロニクスを詳細に調べようと心を決めていた。ハミラーのトラウマがさらに大きくならないよう、船団がすでに宇宙船の墓場をはなれ、銀河系に向かう飛行のために準備していることは黙っている。

アンブッシュは《シマロン》の司令室にもどった。ローダンとアトランは《バジス》の部品を保護するための船を一隻のこすかどうか相談していたが、そこに割りこんだ者がいた。

《ハーモニー》のサラアム・シインからの通信だった。オファラーは悲嘆に暮れていた。

「ペリー・ローダン、残念ですが、ドル・ハランの生命を救うことはできませんでした。あまりに重傷だったので、本人もあきらめていました。なにもかも限界だったのです。生きる意欲が、肉体が力つきるより早く消えていました。カルタン人による看病も役に立ちませんでした。かれは宙航士でしたから、宇宙葬の準備をします。かれの最期の言葉には重要な暗示がふくまれていました」

かれの姿がスクリーンから消え、ローダンと仲間たちの目に、ダオ・リン＝ヘイと、そのとなりにニッキ・フリッケルの姿がはいった。

「ドル・ハランはブガクリスの座標を教えてくれました、ペリー」彼女は報告した。「そこで、艦隊とともに価値の高いＩＱを大勢捕まえたと。わたしはニッキ・フリッケルから、ペリーなら、この情報からなにか行動できるはずだと聞きました！」

「もちろんだ。ありがとう、ダオ・リン！」

ローダンは友たちのほうを向いた。ブガクリスについてはナイマンからすでに話を聞いていた。極限世界のこの名前は、《バジス》のかつての副長サンドラ・ブゲアクリスの名前と似ている。関係があるのは明白ではないだろうか？ そこにいる野性的なヒューマノイドたちは、当時ハンガイ銀河に向かって《バジス》から逃走した者たちの子孫なのだろうか？

「どう思う？」テラナーはほかの船の指揮官たちに問いかけた。

かれらはより道をすることを決断した。銀河系に一刻も早く帰還しようとしていたが、ブガクリスは比較的、近くにある。少々のより道は、ハミラー・チューブが通常の状態にもどらないかぎり、得られないような重要な情報をもたらすかもしれない。

これで目下のコースが決まった。指揮官たちは自身の船にもどった。ただし、《ペルセウス》の指揮官ジュリアン・ティフラーだけは、アトランとともに搭載艇に乗って《カルミナ》の方向に向かった。各船では、乗員たちは、まだしばらく時間がたたないと、実際に起きたことはわからないだろうと、心構えをしていた。

ともかく想定外のかたちではあったが、《バジス》は発見できた。謎はさらに深まり、それとともに心の底にかかえる不安も大きくなっていた。

8

ガリバー・スモッグは、このところしゃべりすぎていると感じ、そのためかたくなに黙りこんでいた。ノーマン・スペックは、なぜ全員が期待するような眼差しを自身に向けているのかよくわからなかった。ナジャ・ヘマタは、きびしい職務を充分長く遂行してきたことに気づき、緊張をほぐすためにトレーニング・ルームに引きこもっていた。ハロルド・ナイマンは、格納庫のチーフとしての役割と、いまは存在しない《バジス》指揮官としての役割のあいだで自己がちりぢりになっているように感じていた。そこで格納庫が清潔にたもたれるように気を配り、ハミラーの問題はスペシャリストにまかせることにした。そのためティリィ・チュンズは、〝鉄のグンディ〟の貫くような視線にただひとり、さらされていた。チュンズは甲高く鳴くような声だったが、すくなくとも理解しやすいインターコスモで、今回の任務について報告した。シントロニクスはすべてを記録し、音声の記録を保存した。ブルー族が報告を終えると、そこにいた者たちは自然と拍手した。

グンドゥラ・ジャマルの額に不愉快そうなしわが浮かびあがった。

「やめなさい！」彼女は大声でいった。「わたしが当初の探索コースをはなれて、われわれのセクターの端を飛ぶことを決断しなければ、瓦礫の山も《バジス》も発見できなかったのよ。いい？ トリマランはわれわれの手をうまくすり抜け、われわれはいまなお、なにも成果を達成できずにいたはず！」

「はい、船長！」異口同音《いくどうおん》で、声が大きく響いた。ノーマン・スペックは冷たい手が肩に置かれるのを感じ、ゆっくりふり返った。

背後にTX1＝プロッツェンが立っていた。

「きっと知りたいでしょうが」医療ロボットは宣言した。「とにかく、船にもどってからすぐに検査を受けたのは正しかったのです。あなたの心の不安は大きくなっていきますが、それは一時的な現象にすぎません。あなたのケースは特殊ではないのです。《バジス》の謎が解明され、ハミラー・チューブが《シマロン》にうつされたことで、時間跳躍トラウマは弱まり、被害を受けた者たちの孤立した妄想も解消されました。あなたも、同じように苦しんでいたかたたちも、すでに通常の状態です。心理的発達についての心配はもうありません。数日でまた完全に安定した状態になるでしょう」

「そうすると、自殺の危険はもうないのか？」言語学者は楽しそうにいった。

「ありません」

「すばらしい。いずれにせよ、わたしはそんなものは信じていなかった。次の機会がまたあったら、べつだが！」

こういうとノーマン・スペックはロボットをのこして去った。自分のキャビンへ直行すると、シャワーを浴び、ベッドに横になった。ようやく夢も見ずにゆっくり眠れるのが楽しみだった。

ドラゴンの惑星

H・G・エーヴェルス

林 啓子訳

登場人物

ペリー・ローダン……………………テラナー。銀河系船団最高指揮官
アトラン……………………………アルコン人
バス＝テトのイルナ………………アコン人。アトランのパートナー
グッキー……………………………ネズミ＝ビーバー
レジナルド・ブル（ブリー）……《シマロン》最高指揮官
ヌリア・ガイ・ツァヒディ………同船内エンジニア。宇宙船設計士
ロク・ラヒー………………………砂漠の民。〝トロナハエ〟の指導者
クオン・シュトレ…………………同。ロクの弟
アンド・サラス……………………山の民。〝ジェット〟の最長老
コヴァル・インガード……………同。〝テラの子供たち〟の指導者

プロローグ

男は死んだも同然だった。

とはいえ、未知エネルギーによる凝固をまぬがれたわずかな肉体の細胞が、微量ながらも細胞分裂誘起物質を生成し、〝凍りついた〟意識の一部を機能させていた。

それでも、肉体の所有者を覚醒させるにはいたらない。

意識はただ、かつて肉体と精神の完全体が経験した光景を夢みるがごとく、追体験するだけ。はるか昔の記憶だ。

はるかなる惑星。それは、つねに近くに存在しつづけた。なぜなら、男はその硬い地面の上で強い重力にさらされ、埃《ほこり》っぽい雲の下で生まれ育ったから。雲の上では、白色巨星が一日四十六時間輝き、二十六の惑星を見守る。

夢がそこに男をいざなう……

＊

広大な青空の凍《い》てつく寒さは、なんでもない。黒い防護服の耐圧ヘルメットは、まだ頸もとで折りたたまれたままだ。

好天に恵まれた一日になるだろう。そう告げたのは、輝く氷の結晶からなる巨大白色ハロー部だ。遠い白色恒星が、その環のなかに閉じこめられているかのように見える。上層まで異常に濃い大気の低層から、巨大な雲が湧きだしていた。強風によって地表から巻きあげられた微細な塵《ちり》が、雲を硫黄《いおう》色、トルマリンレッド、マグネタイトブラウンといったさまざまな色に染める。まるで銅鉱石のようだ。

この光景を目にしたのは、はじめてというわけではないが、これほど強烈に印象にのこったことはない。これで、しばらくは見おさめだろう。だからこそ、調教された数すくない〝ウィロード〟の上側にとりつけられた籠に乗ることを許されたのだ。

大気圏内をつねに上下移動する、気球のかたちをしたこの生物は、中くらいの町の大きさで、動物というよりもむしろ植物に近い存在だ。栄養は恒星光と空気から摂取するが、くわえて有機性浮遊物もとりこむ。

そもそも、ウィロードは有機性気球のようなもので、低層大気圏でガスをとりこみ、摂取した栄養分から得たエネルギーで体内を加熱して上昇する。ところが、かれらは成層圏の最上層に到達するだけでは飽きたらず、中間圏まで入りこむこともある。そのさい、外殻から重いガスを排出し、最軽量のガス、つまり水素だけをのこす。

男の乗るウィロードも同様にした。男は耐圧ヘルメットを静かにひろげ、完全に密閉する。というのも、中間圏では空気が薄すぎて呼吸ができないから。

とはいえ、ここ中間圏ではウィロードも長くは持ちこたえられないだろう。すでに、ほぼ倍の大きさにひろがっているとはいえ。

それでもまだ、地表にもどるつもりはない。そこで、宇宙服の胸もとにある制御パネルを操作し、化学的刺激インパルスによってウィロードを導き、大気圏の暴風域に向かわせた。それは、はるか前方で、直径数百キロメートルにおよぶガーネット色のちいさな渦巻銀河のごとく、高密度の目を中心に回転している。

暴風域では、風速三百八十ないし六百三十キロメートル毎時の風が吹きあれるが、致命的な渦に巻きこまれるリスクは低い。その深紅の色あいからもわかるように、数万年にわたり持続的に上昇する火山性の熱気に支えられ、内部は非常に安定している。

数百万ものウィロードが惑星の大気圏を往来するが、かれらはこれを本能的に知っていた。しかるべき経験はその遺伝子に刻まれており、個体それぞれが学習する必要はない。

ウィロードは、この手の超大型の竜巻を独自の方法で利用する。

いまもまた、同様のケースが起きていた。

自分が乗るウィロードが暴風域に充分に近づいたとき、それを目《ま》のあたりにした。すくなくとも百体以上の仲間が群れをなし、真っ赤な渦巻の上昇気流に乗り、上下に舞っている。ほとんどフィルターのかかっていない恒星光を受けたその気球のようなボディは、三十キロメートルほどはなれたここからでも、磨かれたダイヤモンドのように輝いて見えた。

男はほとんど息をのむほど、驚いた。自分のウィロードが客を乗せていない仲間たちに向かって、駆けだしたのだ。男は、とてつもない上昇気流の絶大な力によって、中間圏界面を通りぬけ、電離層へとほうりだされた。

たちまち、赤い渦と湧きたつ雲の層が遠ざかっていく。ウィロードは一種の興奮状態におちいり、仲間たちのあいだを酩酊《めいてい》したように駆けめぐった。乗客のことも自分に課された制約も忘れてしまったかのようだ。野生のウィロードのようにふるまっている。もっとも、それも理解できなくはない。〝騎手〟は、ウィロードの大きさにくらべれば、まるで男の黒褐色の肌に張りつくちっぽけな昆虫のような存在だから。

このまま、ほうっておくことにした。ウィロードが長時間、空高くとどまることはない。そのうち、エネルギーのほとんどを失って収縮せざるをえず、その結果、より密度の高い気層に沈むことになる。

男は立ちあがると、両手で籠の格子《こうし》をがっしりと握りしめ、周囲を注意深く見まわした。ウィロードが収縮して下降するさい、無防備になりがちだ。

ウィロードの天敵である〝雲帆〟もそれを知っている。かれらはたいてい、雲の穴周辺の水分と塵に満ちたところで待ちぶせし、獲物にすばやく襲いかかるのだ。

男の乗るウィロードが、乗客のいない一ダースほどの仲間とともに雲の穴を通りぬけ、下降すると、襲撃がはじまった。

周囲の燃えさかる炎のなかから、すくなくとも六十体の雲帆が、その細長いボディからななめ上に伸びる二本の帆のような部分を突きだし、獲物の群れにまっすぐ迫ってくる。

雲帆の体積はウィロードのせいぜい三十分の一にすぎないが、ハンター側のほうがかなり有利といえた。ウィロードには防御手段がないから。唯一の防御手段といえば、ボディの色や模様を周囲の雲になじませる能力だけだ。

ところがいまは、それすらなんの役にもたたない。ウィロードの群れは、雲のトンネルに身をかくしたばかりで、上から下までボディの色を急速に変化させている最中だ……おまけに、雲帆はウィロードがトンネルに入る前からすでに獲物に狙いを定めていた。

まもなく、ハンター数体がウィロード一体に襲いかかる。硬くした吸引管を気球の外殻に突きさし、有機分子と水素を吸いあげはじめた。

男には、ほかのウィロードを気にかける余裕はない。自分の乗る生物への攻撃を防ぐだけで精一杯だ。

男は籠をはなれると、命綱をたよりに三百メートルほど高く跳びあがった。手には、長さ一メートル半のインターヴァル・ニードル銃を握っている。遠い昔、男の同胞種族を奴隷や戦争奉仕者とみなしていたおろかな知性体ならば、小型銃と呼んだだろう。

シントロン制御の自動照準装置と男の鋭い反射神経が、襲いくるハンター五体にまったくチャンスをあたえない。次々と雲帆のボディが引きさかれた。その残骸は燃えつきて灰と化し、隣接する雲に混ざりあう。

決着がついたとき、頭上には雲のトンネルがひろがっていた。それはもはや男にとり、薄明のなかの不規則なかたちをした、光に満ちた穴にしかすぎない。薄明は、雲の層と重力二・八Gの巨大惑星の地表のあいだにひろがる、密度の高い下層大気圏をつつむ。

男は命綱をたどって籠にもどった。ウィロードはさらに濃密な大気層に沈みこむ。都市の光の海が、雲の隙間からわずかにさしこむ恒星光よりも輝きをましていく。男は、内なる自己との無言の対話に没入した。

精神の目の前に、無邪気な子供時代の情景が次々と展開され、つづいて青年期の回想場面が浮かびあがった。知識を学び、厳格な規律に適応し、そして当初はまだ遊び半分だった戦闘能力と戦闘技術の習得に励むようになる。それはやがて、騎士団の戦闘学校におけるきびしい訓練に変わった。

やがて、奉仕期間が訪れる。そこではつねに、母星の過酷で気まぐれな自然に挑みつづけた。そのさい、精神鍛錬と過酷な肉体労働によって習得した科学知識を活用することで、なんとかやってのけたもの。

それは試練の時代だった。優秀な成績をおさめた者だけが、騎士の誓いを立てることを許される。母星暦ですくなくとも二十年間を〝さすらいの騎士〟としてすごし、誓いをはたし、騎士団の厳格な掟にしたがって働き、奉仕し、戦う権利を手に入れるのだ。

その後、母星に帰還する。それまでずっと自分自身と騎士団の盾を誇り高くたもちつづけたことを証明してはじめて、ようやく一人前の騎士として認められるのだ。こうして、騎士団の美徳を次世代に受けつぐという重要な使命に専念することになる。

*

男は死んだも同然だった。

肉体の、未知エネルギーによる凝固をまぬがれたわずかな細胞は、微量の細胞分裂誘起物質しか生みだせない。

それは、男を覚醒させるにはいたらなかった。

男にできるのはただ、意識の断片でこれまでの人生の局面を夢のようにたどることだけ。それはつねに、調教されたウィロードの背に揺られる場面ではじまり、おのれに課された騎士の誓いにしたがい、決断をくだすところで終わる。

その誓いは逃れられないもので、男は良心に命じられるがままにしたがった。その選択が反撃を招き、現状におちいったのだと知りながらも。

その後、永遠の時が流れ、夢は何度もくりかえされた。

一縷《いちる》の望みだけが、ときおり道を切りひらき、運命からの解放とみずからに運命づけられた使命の達成を約束する。

そう決まっているはずだ。そう信じなければ、精神が崩壊してしまう……

1

「帰りたい！」通信監視スピーカーから、金切り声が聞こえた。「家に帰りたいの！」《カルミナ》司令室で搭載艇の作戦行動〝迅速な剣〟を見守っていたアトラン、バス＝テトのイルナ、ジュリアン・ティフラーは、驚いて顔を見あわせた。

ところが、だれかが口を開く前に、ほとんど同じくらいヒステリックなべつの声がスピーカーから響く。

「いや、死んだほうがましだ！」声が叫ぶ。「われわれはおしまいだ。絶望的だ！　知りあいはとうに全員死んで、朽ちはてた。われわれを気にかける者など、もうひとりもいない」

「それでも、わたしは家に帰りたい！」最初の声が悲鳴をあげた。「さっさと銀河系にもどるのよ」

「いまのは、ヴェラ・フォン・ゾルトラルだな」アトランが、通信監視装置の画面を凝視しながらいった。「SJC＝1の女パイロットだ」

「男性の声は、アラスのフルロン・トラングね」イルナも同様に画面を見つめながらいう。

「完全に正気を失っています」ティフラーが口をはさんだ。「救出しなければ！」

アトランはすでに《シマロン》との通信を確立していた。スクリーンがたちまち明るくなり、ペリー・ローダンの顔がうつしだされる。ペリーは現在、十四隻を擁する銀河系船団の最高指揮官で《シマロン》に座乗する。乗員からは公然と〝幽霊船団〟と呼ばれていた。

「グッキーとラス・ツバイが救出に向かいました」質問が発せられるまでもなく、ペリーが告げた。「ヴェラとフルロンを連れもどします」

アトランは真剣な顔つきを崩さない。それでもその顔は同意をしめしていた。

「わたしが患者ふたりの面倒を見るわ」イルナはそう告げ、アルコン人を問うように見つめた。

「ふたりでそちらに転送機で向かうぞ、ペリー」アトランが応じた。「またあとで！」

ペリー・ローダンはうなずき、通信を切った。

「ならば、わたしはここで待機し、《ペルセウス》にもどるのは延期するしかなさそうですね」ティフラーがいった。「ふたりの幸運を祈ります！」

アトランと女アコン人はうなずき、成型シートの背面につねにとりつけられている装備パックを肩にかけると、司令室を出ていった。

ふたりとも、ティフの言葉が自分たちではなく、患者ふたりに向けられたものだと知っていた……正確にいえば、〝幽霊船団〟の乗員全員に。というのも、いまやティフもおそらくほかの幹部たちも、状況が急速に悪化しはじめていると気づいていたから。

ヴェラ・フォン・ゾルトラルとフルロン・トラングがかかった病は、精神疾患であり、その原因は、宇宙船十四隻のさまよえる乗員たちがおかれた状況の過酷な心理的緊張だった。そして、この心理的緊張に全員がさらされていたのである。

*

アトランとイルナは《シマロン》の転送機を出ると、医務室に向かった。患者が運ばれるとしたら、そこしかない。

突然、目の前にグッキーがあらわれた。

「ぼくがふたりを案内するよ」

イルトが両手をさしだし、アルコン人と女アコン人はそれをつかんだ。

「これからは、だれがあのスペース＝ジェット二機を飛ばすの？」イルナが訊いた。

「女航法士ふたりさ」イルトが答えたときには、すでに〝乗客〟ふたりとともに医務室で再実体化していた。「彼女たちだってパイロット免許を持っているからね」

たちまち、グッキーは口をつぐんだ。船の首席医師ハワード・レスターが黙るよう、合図してきたのだ。

アトランとイルナは、イルトとペリー・ローダンのあいだに立ち、マランダ・シンが患者ふたりを手当てするようすを見守った。《シマロン》の首席心理学者だ。

ヴェラ・フォン・ゾルトラルとフルロン・トラングは医務室に到着したとたん、暴《あば》れはじめたという。緊急処置を施さなければ過剰反応を起こす恐れがあったため、鎮静効果の高い精神安定剤が投与されていた。

この状況では、シン医師のシントロニクス検査装置による診断は、不可能とはいわないまでも困難をきわめる。どんなにすぐれた装置であっても、薬物によって緩和された症状まで見ぬくことはできないから。

それでも、マランダ・シンは診断装置を使用した。非常に経験豊富な心理学者であり、およそ六百九十五年前、タルカンに向かうずっと以前は、テラ、アラロン、タフンの最先端医療施設で精神分析医として働いていた。シンなら、検査装置のゆがめられた情報を見ぬき、正確な診断を下せるはずだ。

ただし、それには忍耐……そして時間が必要だった。

シンはその両方をつぎこんだ。大きな責任を感じていた。

医師は診断装置のスイッチを切ると、夢うつつの患者たちのリラックスした顔を見つめながら立ちあがった。そこにいる全員の張りつめた視線が、自分に向けられていることに気づく。

数秒ほど、その視線を受けとめた。ほとんど気づかれないほどわずかにかぶりを振ると、しずかに、それでも毅然とした声で訴えるように告げる。

「みなさんが本格的な診断を期待しているのなら、がっかりさせてしまうでしょうね。ヴェラとフルロンはいわば、乗員全員が感じているのと同じ精神的緊張状態にあります。かといって、なんの気休めにもなりません。むしろ、全員が同じような反応をしめす危険性があるということ」

「わたしは、人間の行動が完全に環境や本能によって左右されるという行動主義理論を否定する」アトランは同じくしずかに、それでもきっぱりと応じた。「人間は洞察力と予見力をそなえ、それゆえ、責任や自由裁量権を持つ」微笑を浮かべながら、つづける。「もちろん、ここでいう人間とは、この十四隻に乗るあらゆる知性体のことだが」

「純粋な認知主義ですね」マランダ・シンが平然といった。その視線はまるで、アルコン人を見すかすかのようだ。

次の瞬間、心理学者はにっこり笑った。

「なぜ、正面切ってわたしに反論するのかは理解できます。あなたは自分が脅かされていると感じ、そのはけ口を探すと同時に自身を納得させる必要があった」

「ま、そんなところだ」アルコン人はそう認め、シンの笑顔に応じた。「とはいえ、きみの診断には、まだつづきがありそうだな」

「おお！」シンは声をあげ、うなずいてみせた。「あなたが海千山千の宇宙心理学者であることを忘れていたとは！　たしかに、わたしの診断は、これですべてではありません。つづきがあります。ヴェラとフルロンは、タルカンに向かう前からすでに精神的に不安定だったはず。つまり、乗員全員が経験している精神的緊張を水にたとえるなら、ふたりの場合、いわばコップから水があふれだした状態にすぎません」

「計画を加速させよう。われわれが銀河系に向かっていることを全員に確信させなければ」しばらくして、ローダンがいった。

「なぜ、ハンガイ銀河での徘徊をやめて、ただちに銀河系にもどらないのですか？」レスターが訊いた。

　ローダンは眉をひそめ、首席医師を驚いたように見つめる。

「レスターは、船団司令部の最新発表を聞いていないのです」口に出されなかった疑問にシンが答えた。「二十時間以上にわたり、むずかしい手術をふたつ執刀していたので」

「ならば無理もないな」アトランがあっさりといい、レスターに向きなおった。「船団司令部はサンドラ星系とその惑星ブガクリスに遠征することにした。死んだカルタン人の奴隷商人ドル・ハランの話では、そこに《バジス》生存者の末裔《まつえい》とおぼしき原始ヒューマノイドがいるらしい」

「それこそが問題だ」ペリー・ローダンが強調した。「もし、そのような生存者が援助を受けられずに放置され、いまもなお奴隷商人たちに狙われているとすれば、銀河系の現況やギャラクティカムの状態がおのずとわかるというもの。すべてが正常ならば、分散した《バジス》は回収され、その乗員の末裔もとうに救助されていたはず」

「わかりました」ハワード・レスターがいった。

「もちろん、ハミラー・チューブから有用な情報をさらに入手するつもりだ」ローダンはつづけた。「この小船団の戦闘準備をととのえるために演習時間をとっていたが、心理的脅威は軽視できない。そこで、演習を中断し、ハミラーにさらなる時間を費《つい》やすことなく、可及的すみやかにサンドラ星系に向かうつもりだ。四時間後には到着するだろう」

テラナーは、アトランとイルナを見つめた。

「ブガクリス作戦のあいだ、《シマロン》にとどまってもらえるといいのですが」

アルコン人はにやりとし、おや指で背後の装備パックをさししめした。それは、ネズミ＝ビーバーがアトランとイルナをおろした場所に置かれたままだった。

「準備はいいぞ」アルコン人が告げた。

「予知能力があるのですか？」テラナーが思わずいった。

「いや。それでも、ときには事態の深刻さがわかるのさ、ちび野蛮人」アトランが応じた。

2

十四隻は最後の超光速航行を終えると、恒星サンドラ近傍で通常空間にもどった。

サンドラは、銀河系に面したハンガイ銀河辺縁部にあるソルタイプの恒星で、かつての《バジス》のポジション、つまりXドアから一万七百三十光年、銀河系からは二百万光年以上はなれたポイントに位置する。

ペリー・ローダンはそう考えながら、内なる声に耳をかたむけた。《シマロン》ほか十三隻のハイパー探知装置は、異船の動きや通信シグナルを探るため、サンドラ星系を監視している。

不死者は、潜在意識に宿る漠然とした不安を感じた。原因はわかっている。この船団が誤った方向に飛んでいるからだ。つまり《バジス》から、銀河系からさらに遠ざかっていく。理性はこれを受けいれられるが、この決断がいかに論理的なものであろうと、潜在意識はまったくおかまいなしだ。

そこには、あらゆる人間に共通する太古からの欲求が深く根づいていた。生まれ故郷にもどりたいという願望だ。超光速の宇宙航行で異銀河に行こうと、この欲求が消えることはない。逆に、さらに強まるばかりだ。

人類と地球とのあいだには、時空を超えて存在する見えない絆《きずな》があり、それは異郷への憧れをしのぐもの。その絆が悲劇的状況で引きさかれると、当事者はアイデンティティを失う。なぜなら、テラとその住民との結びつきは運命的なものだから。

「いまのところ、異船の探知反射も、通常あるいは超光速の通信シグナルもありません」《シマロン》の副操縦士ラランド・ミシュコムが告げた。「第二惑星も同様になにもありません。ブガクリスは、この第二惑星としか考えられませんね。第一惑星は灼熱地獄で、ほかの惑星はどれも寒すぎますから」

「なるほど！」レジナルド・ブルが応じた。「だが、ソルタイプの恒星の第二惑星は、たいてい地球に似ていないことが多い。ここではなにがちがうというのか。第二惑星がブガクリスだと断言する理由を教えてもらいたい」

「白い縞《しま》模様の黒い動物を見たら、鼻をつまんでください。スカンクは臭いですから」

ラランドは床に唾《つば》を吐くと、ほとんど聞こえないほど小声でつけたした。「古いアフリカの格言です」

ブリーは、これ見よがしに鼻をつまんで見せた。ララと呼ばれる女副操縦士に礼儀作法を教えこむことも、古いアフリカの格言をやめさせることもとうにあきらめている。

ラランドは顔をしかめてブルを一瞥《いちべつ》したが、すぐにいつもの態度にもどった。

「恒星サンドラが擁する惑星の軌道は、通常とは異なります」副操縦士はブルの質問に答えた。「つまり、第二惑星は現在、恒星から一・八天文単位ほどの距離にあります。シントロンの計算によれば、このポジションは秋に相当します。ブガクリスは極端な楕円軌道を描くため、夏には一・二天文単位、冬には二・四天文単位ほど恒星から遠ざかることになります。人間にとっては過酷かもしれませんが、かろうじて耐えうる環境です。これは、著しい黄道傾斜角のおかげといえるでしょう」

「重力はどうだ？」ローダンが訊いた。

「平均一・一一G」と、ラランド。「赤道の直径は一万五千四百キロメートルです」

「なるほど！」ローダンが考えこみながらいった。「で、極軸は惑星軌道の垂線に対し、どれくらいかたむいているのか？」

「三十二・五度です」副操縦士は応じた。

「ならば実際、夏も冬も人間にはある程度、耐えられるかもしれないわ」バス＝テトのイルナが、探知スクリーン上の、シントロンがしめすほかの十三隻のシルエットを見つめながらいった。「とはいえ、きっと赤道をはさむ南北の一定地域と赤道自体のみね。もっとも、そこでも冬にはあらゆる海が凍るでしょうし、一年を通じて極端な気圧変動と竜巻が襲うでしょうよ。ちなみにブガクリスの一年はどれくらいの長さなの？」

「七百三十日です」ラランドが応じた。「かわいそうな住民たち！　誕生日から次の誕生日まで半永久的に待たなければならないなんて！」

　彼女は耳をすますようにこうべをかたむけた。ウィットに富んだこのコメントにだれも笑わない。がっかりしたようすでため息をついた。

　ローダンは咳ばらいすると、ほかの船の指揮官たちと順次連絡をとり、《シマロン》以外のなにかを探知したかどうか訊いた。

　ところが、答えはみな同じだった。

「ブガクリスからは、もっとも微弱な通常通信シグナルすら発信されていない」テラナーはしずかに告げ、明らかにがっかりしたようすでつづける。「これをどうとらえたものか。《バジス》乗員は銀河系宙航士のエリート集団だったはず。その子孫がこれほどまで衰退したとは……？」

「まもなくわかるだろう」アトランがいった。

　ローダンは気をとりなおして告げた。

「いいだろう！　散開し、サンドラ星系を徹底的に調査しよう。その後《シマロン》と《カルミナ》はブガクリスを周回する。ほかの船はしかるべき距離をとり、待機せよ」

*

「これまで、文明の徴候はいっさいないわ」エイレーネが報告した。現在、航法士見習いとして《シマロン》で勤務し、ラランド・ミシュコムを補佐している。「地上ではエネルギー放射はまったくないし、赤道地帯では現在、百を超える竜巻が発生し、大量の砂が巻きあげられ、赤道の南北では猛吹雪《ふぶき》に見舞われているわ。極地の氷帽は巨大で、まだ凍っていない海にはいたるところ氷が浮かんでいる。わたしには、とうてい暮らせそうもないわ」

「だれもそこで暮らすようたのんではいないさ」ローダンは、娘をなだめるようにいった。一瞬、目を閉じ、痛感する。ゲシールが見つかる可能性は、これまでになく低いだろう。そして、言葉をつづけた。「さらに捜そう。ドル・ハランがあの状況で、夢物語を語ったとは考えにくい」

　イルナは、シントロンの探知分析を目で追いやすいよう、エイレーネの隣りに立っていた。考えにふけるようにうなずいている。

　確信していた。あの男カルタン人は真実をいったにちがいない。なんといっても、かれと直接話したのは同胞のダオ・リン＝ヘイなのだから。

　もっとも、ダオ・リン＝ヘイがわたしだけに打ちあけた、例の件についても考えなくては。

　ダオ・リン＝ヘイによれば、ドル・ハランは最期の瞬間、〝ブガクリスの死者の目〟

について触れたらしい。その謎めいた言葉に恐怖すら感じているようだったという。ダオ・リン＝ヘイは男の死後、その臨終の言葉は幻想の産物だと結論づけた。それゆえ、イルナに他言無用だと告げたのだ。

　イルナは、いわれたとおりにしてきた。それでも、あの言葉を思いだすたびに、それが一縷の真実をふくんでいるのではないかと思ってしまう。

「シントロンによるあらたな分析情報です！」ラランドが興奮をあらわに叫んだ。「赤道北の砂漠地帯で、ちいさな原始的集落のような構造体を探知。さらに、砂漠で動きがありました。おそらく、スキッドに乗った帆船のようなものです」

　レジナルド・ブルは身を乗りだし、司令コンソールのスイッチを操作すると、

「シントロンへ告ぐ！」と、告げた。「その構造体を再構築し、コンピュータ映像として見せてくれ！　砂漠で探知した移動手段についても同様に！」

「了解しました！」シントロンが応じる。「処理を開始します」

　ブルはシートによりかかると、腕組みした。

　ブルはもちろん、《シマロン》の機能がシントロン・コンピュータ八台によって制御されていることをほかの乗員同様に知っていた。それでも、たいていブルは〝シントロン〟と呼ぶ。というのも、第一に、シントロニクス八台の結合体がひとつの人工知能を形成しているからだ。第二に、その知能指数は、最適な成果を出すために結合体のどの

部分が担当すべきかをみずから決定できるほど高いから。

　三十秒もしないうちに、ブルの司令コンソール上にカラフルな三次元プロジェクションがふたつ出現。ひとつは、ほどよく規則的な、たいらでまるいかたちの集落を形成。柄のない褐色のキノコを彷彿《ほうふつ》させる。その周囲には、自然物に見えるべつの物体がせまい円を形成していた。おそらく、赤みがかった黄色い岩山だろう。そのまわりには、全方向に三日月形をした砂丘がひろがり、大きな間隔をあけて崖のようなものがいくつもそびえたつ。

「村落だな」アトランがいった。「流砂と移動砂丘から守るために、岩山近くにつくられた村。その建築方法は、気候に適したものでありながら、たしかに原始的だ。シントロン、質量走査機は建物の材質を分析できたか？」

「砂です」シントロンが答えた。「焼かれた砂、釉薬《ゆうやく》を塗られています」

「焼かれた砂だと！」ブルは浮かない表情でくりかえし、ふたつめのプロジェクションに向きなおった。

　それは奇妙な帆とたいらな胴体からなる一種の帆船だった。どうやら、最初のプロジェクションで見たのと似たような砂漠の上を、大きなスキッドで滑るように進んでいく。風が強いにちがいない。帆がふくらんでいる。それでも、船が全速で砂丘を駆けあがり、ふたたび降りるときに転覆しないのは、まさに奇蹟のようなものだ。

「どうやら、巧みに設計され、操作されているようだな」アトランがふたたび告げた。「正直なところ、ブガクリス人と知りあいになりたくてたまらない」

アルコン人は振りむき、ネズミ＝ビーバーを見つめた。イルナの膝の上でくつろぎ、頸筋をなでられている。

「惑星住民の思考をとらえられるか？」アトランが訊いた。

イルトはばつが悪そうに、

「やってみたけど、理解できないごちゃごちゃの言葉しか、つかめないんだ」と、消えいりそうな声で答えた。

アルコン人は眉をひそめ、イルナを問うように見つめた。女アコン人は反応をしめさない。なにかを考えているようで、パートナーの視線に気づかないのだ。

アトランはそれでも、がっかりしたようすは見せない。ペドトランスファーラーとしてのイルナの能力でブガクリス人のÜBSEF定数を探知し、一時的に相手を制御すれば、住民とその原始的文化についてさらに学べるのではないか。

そう期待していたが、彼女を説得しようとはしない。イルナの考えを尊重したいから。

「着陸する！」ペリー・ローダンが決断を下した。ブガクリスの住民とその状況について、これ以上の情報は得られそうもない。そう思ったからだ。

「よろしければ、アトラン、あなたの《カルミナ》を貸してもらえませんか。その間、

《シマロン》は着陸地点上空の静止軌道で待機し、われわれの安全を見守ります」

「まったくかまわないとも」アトランが答えた。「そこの村落はどうだ？」そう告げ、円形建物のプロジェクションをさししめす。「もっとも、わたしなら目だつ場所ではなく、どこか見つかりにくい場所に着陸する。ブガクリス人には、われわれの技術を披露するかわりに原始的手段で近づいたほうがよさそうだ」

「あなたからはときおり、テラの野蛮文化の発展支援者の顔がのぞく」ローダンが応じた。「もっとも、それは名案ですね。グッキー、ラス、それにあなたとイルナに同行してもらいたい。それから、ティフといっしょに《カルミナ》で待機する優秀な乗員を五名ほど選ぶつもりです」

　指名された者たちは全員、快諾した。ブルはただちに《シマロン》乗員のなかから、予想される任務に適した五名を選びだした。そのなかには、船内エンジニアのヌリア・ガイ・ツァヒディもふくまれる。彼女はもともと《ツナミ＝コルドバ》の乗員だったが、《ジュナガシュ》に侵入したローダン救出作戦以来、ローダンの要請で《シマロン》に臨時派遣されていた。

　およそ一時間後、《カルミナ》は、オーストラリア大陸の中心部に位置するエアーズロックのミニチュア版のような五つの巨大岩のあいだに着陸した。

3

ペリー・ローダンは、《カルミナ》の南側周辺がうつしだされた大型スクリーンをもの思いにふけるように見つめていた。

その視線は、赤褐色の岩山の滑らかな表面をこえ、果てしなくつづくように見える黄色い砂丘からなる波の山をさまよう。比較的低い位置の赤みがかった恒星サンドラで目がとまった。

当初、恒星の位置の低さに驚いたもの。着陸地点は真昼で、恒星はまっすぐ天頂にあるはずだったから。

それでも、ブガクリスの極端な黄道傾斜角のせいで、恒星は真昼でも低位置にあることを思いだした……その傾斜は南に向かうほどさらに深くなる。そして、赤みがかった色はもちろん、恒星の位置が低いときに大気の光の屈折が高位置にくらべて強くなるせいだ。さらに、舞いあがった砂漠の砂をふくむ大気の影響もある。

「奇妙ね」エイレーネが隣りでつぶやいた。「大気の組成は、テラとほぼ一致しているはずなのに。わずかに酸素がすくないけど、感じるほどではないわ。やや二酸化炭素もすくないけど、そのぶん希ガスが多く、気圧もわずかに高い」娘はかぶりを振った。「このような条件下では、極端な黄道傾斜角とはいえ、ここは摂氏九度にとどかないくらい寒いはずだけど」

「いまは秋だからさ」ペリーが応じ、父親らしい優しさをこめて娘の肩を抱いた。「もしすでに氷点下なら、冬が訪れたさい、ブガクリス人にとっては耐えがたい寒さになるだろうから」

「どういうつもりなの、パパ！」エイレーネが不満そうにいった。「まるで五歳児に対するみたいな話しかたをして」

「まだ五歳児のままでいてほしいからさ」ペリーが冗談めかしていい、すぐに真剣な顔つきになった。「もちろん、おまえのいうとおりだ。テラよりも二酸化炭素がすくないのだから、平均気温はテラよりも低くなるはずだ……いずれにせよ、論理的には」

「実際にもね」エイレーネが答えた。「以前、宇宙気候学にしばらく携わったことがあるの。そのさい、テラの気候変動についても調べたわ。二十世紀には、熱帯雨林の産業利用と過放牧が激増し、気候変動が起きそうになった。それでも、森林は牧草地よりも暗いし、牧草地は砂漠よりも暗いから、地表で吸収される光の量が減少しつづけ、それによって地表温度が徐々に下がったの。当時の進行が同じ速度でつづいていたなら、極地の氷帽はひろがり、海氷面積が増え、その結果、ますます多くの恒星光が反射され、アルベド効果が無限につづくような状態におちいったでしょうよ。テラが氷の惑星と化すまで」

ペリーはうなずき、

「その可能性もあったかもしれないな」と、笑みを浮かべていった。「ただし、燃焼プロセスで放出される二酸化炭素の量が増えることで、大気中の二酸化炭素濃度が上昇し、温室効果がますます強化され、アルベド効果が相殺《そうさい》されていなかったらの話だ。初期の金星でも似たような現象が起きた。恒星に近いために地表が温められ、より多くの炭酸塩が惑星の地殻から蒸発し、壊滅的結果をもたらすような温室効果を引きおこしたらしい」

「ずいぶんくわしいのね」娘がいった。「だったら、説明してよ。なぜ、ブガクリスでは大気中の二酸化炭素がすくなく、恒星光の反射が強く、大量の結氷があるにもかかわらず、地球化以前の火星ほど寒くならないの？」

ペリー・ローダンが考えこむ。そして突然、ひらめいた。

「砂嵐のせいにちがいない」父親は説明した。「おそらく、暗い砂も巻きあげてしまうのだろう。それは氷の上に堆積し、反射能力を劇的に低下させる。その結果、砂におおわれない場合にくらべて、光の反射量が格段にすくなくなるというわけさ。もちろん、これはただの仮説にすぎないが、時間があれば科学的に検証できるかもしれない」

「それは《シマロン》の科学者たちにまかせよう」アトランがふたりに近づいて告げた。

アルコン人が、着陸地点上空の静止軌道で待機するレジナルド・ブルにテレカムで連絡するあいだ、ローダンはセランの装備を確認した。アトランはすでに点検ずみだった……グッキーとラス・ツバイも同様だ。テレポーターふたりは、まずアトランとローダンを連れて〝岩山村〟近くまでジャンプすることになっていた。その後、特務部隊全員で行動を開始する。

「その件はブリーが調べてくれる」アトランは通話を終えると、告げた。「出発準備はととのったな」

アルコン人が、グッキーを見つめる。イルトは、ラスとともに星図タンクのそばに立っていた。「明確な思考はまだとらえられないのか？」

「軌道からよりは、いくらかましかな」ネズミ＝ビーバーが応じた。「ときどき、思考をいくつかキャッチできる。狩りについて考えてるみたい。ついでに、投石機のことも。でも、それは表面的なもので、深い思考はまったくつかめないんだ」

アトランは、ふたたびイルナを見つめた。

今回は、女アコン人も視線に気づいた。

「申しわけないけど」イルナがいう。「相手の制御が可能になるほど正確なÜBSEF

定数は、ひとつもつかめないの。理由は、まったくわからない。あるいは、恒星サンドラの放射スペクトルには、わたしのペド能力に影響をおよぼす、超高周波成分がふくまれているのかもしれない。それについては詳細な調査が必要ね。すでに手配ずみよ。《シマロン》の科学者ふたりが調査に当たっているわ」

「超高周波放射か」エイレーネがくりかえした。「生物のプシオン放射の可能性もあるのかしら？　なんといっても、わたしたち、つい最近、惑星チャットゥでその手のプシオン放射に遭遇したばかりだわ」

「いいえ」バス＝テトのイルナがきっぱりといった。「生物の超高周波放射なら、それがなんであれ、わたしにはわかるわ。チャットゥのときみたいに、いつもすぐにとはかぎらないけれど。ここではそれは存在しない。恒星がその手の放射を出しているかどうかさえ、よくわからないけれどね」

　エイレーネは不安そうな顔をすると、ふたたび父親に向きなおり、

「わからないことだらけね、パパ」と、いった。「未知のリスクに挑む前に、徹底的に調査してその結果を待つべきじゃないかしら？」

　ペリーは娘の肩から腕をおろし、頬をなでた。

「まったくそのとおりだ、娘よ。とはいえ、宇宙は未知のリスクに満ちあふれている。それをすべて洗いだしている時間はない。おまけに、われわれには精神崩壊という脅威

が迫っている。心配しなくていい。注意をおこたらないさ……それに、なにかあればきみたちがいる」

　ローダンは、自分と同行者たちのために用意された、伸縮性に富む化学繊維でできた、幅広の黄褐色のコンビネーションを手にとり、着用した。アトランとテレポーターふたりもこれにならう。

　すると、四名はもはや異世界から訪れた宙航士のようには見えなくなった。これで、原始的状態に退行したブガクリス人が、自分たちに対して大きな警戒心をいだき、接触を避けることもないだろう。もっとも、技術装置はカムフラージュされているとはいえ、完全に維持され、いつでもセランの極小シントロン、ピコシンにスイッチが入る。耐圧ヘルメットはもちろん、頸もとに折りたたまれていた。

「準備完了！」グッキーがいい、片手をさしだした。

　ローダンはその手を握り、アトランはツバイの手をとった。

　すると、四名は非実体化した……

＊

　一行は、赤みがかった黄色い岩山の環の外で再実体化した。環のなかに、ホロ・プロジェクションで見た村が存在し、砂嵐と移動砂丘から守られている。

　ペリー・ローダンは、思わず目を細めた。ここでは、強風が砂丘の尾根から細かな砂を吹きとばし、それが海から運ばれてくる湿気と混じりあう。その混合物は冷たく、顔や目に容赦なく吹きつけた。

「岩山にもっと近づかないと！」アトランが風の吹きすさぶなかで叫んだ。「ここからでは、なにひとつ見えないぞ」

「変だな！」グッキーがきんきら声をあげた。

「なにがだ？」ローダンはグッキーの耳もとでいった。

「わかんないや！」イルトが鋭い声でいった。「ジャンプしよう！」

　こんどは、砂から突きでたふたつの岩山のはざまに再実体化する。岩山はまるで、半分砂に埋もれた巨人の肋骨のようだ。

「きわめて不快な場所ですね！」ツバイが叫び、頸をすくめた。背後から吹きつける風で、砂がセランに入りこんできたのだ。

　ペリーも同様に頭を引っこめた。それ以外は、不快な自然を冷静に受けいれるようにする。自分たちは《バジス》乗員の末裔にくらべ、どれほど恵まれていることか。かれらは生涯にわたり、高度技術の助けを借りずにブガクリスのきびしい自然のなかで生きぬいていかなければならないのだ。

　しばらくすると、それまでとまらなかった涙が、直前に吹きこんだ砂とともに目から洗いながされた。こうして、風を背に村落の詳細が見えるようになる。

平均の高さ四メートル、直径十メートルの円形建物が見えた。その数は三十ほどか。建物の表面は、釉薬を塗られたかのようだ。壁には間隔をあけて、舷窓のようなちいさな丸窓がならぶ。

驚いたことに、ブガクリス人が移動手段として使うはずの砂漠船がどこにも見あたらない。もしかしたら、外出中なのかもしれない……おそらく、村人のほとんどが出かけているのだろう。人っ子ひとり見あたらない。

とはいえ、グッキーが《カルミナ》からキャッチした思考は、ここからきたものではないのか？

突然、不死者は不安に駆られた。

仲間たちに警告しようとしたとき、すっぽり身をつつんだ人影が、円形建物からべつの円形建物に向かって急ぐのが目に入った。視界は充分に良好で、それがヒューマノイドだとすぐにわかる。おまけに、非常に背が高く、頑強そうに見えた。

ペリーが村人に呼びかけようとしたとき、グッキーが警告のきんきら声をあげた。

「ハウリ人！　ハウリ人だ！」

すぐに、ローダン、アトラン、ツバイは地面に身を伏せた。黄褐色のコンビネーションのおかげで、ほとんどその姿が見えなくなる。

ハウリ人！　ローダンは思った。ドル・ハランの思いちがいだった。惑星ブガクリスの知性体は人類の末裔ではない。だが、なぜハウリ人は惑星をブガクリスと名づけたのか？　ただの偶然だろうか？

「ぜんぶわかったよ！」イルトがいつもの声でいう。

グッキーはマイクロカムで話しかけてきた。耳もとのボタンほどの大きさの受信機が作動したことでそうとわかる。セランのピコシンが、自動的にマイクロカム通信に切りかえたのだ。

「最初はあのいまいましいハウリ症候群のせいで、テレパシーでの偵察がむずかしかったんだ。ハウリ人の表面意識はキャッチできるけど、深層意識がわかんなくて」イルトが説明した。

「だが、これまでなにひとつ、つかめなかったじゃないか」アトランが口をはさんだ。

「そのとおりさ」グッキーが認めた。「でもいまは、深層意識も部分的に感じとれるような気がする。環境による突然変異の結果かもしんないけどね」

「その話はあとまわしだ！」と、ローダン。思ったよりもきびしい口調になってしまった。「まずは、ここのハウリ人の深層意識からなにを感じとったのか、教えてくれ！」

「腹ぺこで、狩りに出た仲間の帰りを待ってるみたい」イルトが応じた。「でもそれは表面意識にあること。深層意識は断片的だけど、原始的でごくありふれたことを考えてるよ。ヘクサメロン、アフ＝メテム、タルカン宇宙についてはなにも考えてないみたい。マシャルタ星系のハウリ人よりも、自分たちの過去について知っていることはずっとすくないみたいだね」

「腹ぺこなのか」アトランはグッキーの最初の言葉を考えこみながらくりかえし、警告するように叫んだ。「この村にはハウリ人が何人いる？　急いでくれ、グッキー！」

「百人くらいかなあ」ネズミ＝ビーバーはあっさり答えたが、すぐにアトランの質問の意図に気づいたらしく、声をこわばらせた。「女子供と年よりばっかだよ！　気をつけて！　ぼくら、はめられたみたい。村に集中してたから、砂漠からの思考に気づかなかった。でも、もうわかったよ！　ハウリ人は《カルミナ》が着陸するのを見て、カルタン人の奴隷商人の船だと思ったみたい！　戦える男たちはみんな、砂漠船でそっと村を抜けだし、村に〝敵〟の偵察隊が近づくのを待ってたんだ。すぐにもどってくるよ！　思考が殺意に満ちてる！」

「見えるとも」アトランが冷静な口調でいった。「野生の狩人のごとく、こっちに向かってくるぞ」

　ペリー・ローダンはすでに振りむき、砂漠をのぞきこんでいた……砂が目に飛びこみ、ぼんやりとしか見えなくとも、奇妙な帆をもつ砂漠船がすくなくとも五隻近づいてくるのがわかる。

砂漠船は、まるで波間を漂うテラの帆船のように砂丘を滑る。とはいえ、その乗員や武器についてはなにも見えない。

すると突然、船の帆が風にあおられ、平たくずんぐりした大きな船体があらわになった。デッキには、すっぽり身をつつんだ無数のヒューマノイドが作業しているのが見える。

「投石機、大砲、それにバネ式投射機だ！」アトランが叫んだ。「まるでテラの中世のようだな！　パラトロン・バリアを展開させ、パラライザーで応戦しよう！　ハウリ人が所持するのは、ただの遊び道具じゃない！」

だれもが警告にしたがった。四名全員が、これまでの危機的状況における経験を活かし、すばやい反応を見せる。

パラトロン・バリアが、すんでのところで展開された。

四名が〝立ちあがる〟と同時に、矢や石やほかの物体が雨のごとく降りそそぐ。次の瞬間、榴弾が爆発した。どうやらバネ式投射機で撃ちだされたようだ。その爆薬は強力ではないものの、防御手段がなければ、飛びちる破片によって命を落としたかもしれない。

ペリー・ローダンは、ハウリ人の卑劣な急襲に心底怒りをおぼえた。だからこそ、ためらうことなく、パラライザー・モードに切りかえたコンビ銃を使ったのだ。同行者もこれにならった。

砂漠船のハウリ人が、つぎつぎと倒れていく。

ところがすぐに、ローダンは気づいた。襲撃したのは、異人四名をカルタン人の奴隷商人と誤解したせいらしい……それはテラナーには理解し、共感できることだった。だれが、野生動物のように捕らえられ、異惑星の奴隷市場で売りとばされたいものか。そうなれば、重労働を強いられ、もう二度と故郷にもどれないだろう。

「終わりにしよう！」ローダンは同行者に向かって叫んだ。「麻痺した者たちを介抱できるよう、充分な数のハウリ人をのこしておかなければ。さもないと、死んでしまう！もう、もどろう！」

「でも、手ぶらじゃないよ！」グッキーがほとんどおさえきれないほどの歓喜の声をあげた。「ラス、ひとりずつ砂喰い人を捕まえよう！　さ、行くよ！」

ペリーは腕をつかまれた感じがした。同じ瞬間、ハウリ人の砂漠船デッキにいるのに気づく。麻痺して横たわる者、大砲や投石機を根気よく操作しつづける者たちにかこまれていた。だれもが、衣服ですっぽり身をつつんでいる。

グッキーとラスは、セランのピコシンによって、パラトロン・バリアに構造亀裂を生じさせ、空いている片手でそれぞれハウリ人ひとりを捕まえることができるようにした。パラトロン・バリアが完全に閉じていたなら、不可能なことだ。だが、ペリーとアトランの場合はちがう。セラン四着のすべてのピコシンは、再実体化のさいにパラトロン・バリアを輪郭モードに切りかえずみで、セランを着用する者同士の〝準接触〟を可能にしていた。

もっとも、ローダンはそれについて最後まで考える余裕はなかった。なぜなら、自分と同行者たち……それにハウリ人ふたり……が、この瞬間、赤道砂漠のどこかの干あがった川床に再実体化したのだ。

*

ペリー・ローダンと同行者たちは、捕虜二名を危険にさらさないために、パラトロン・バリアのスイッチを切った。というのも、再実体化した直後、ハウリ人が一瞬もためらわずに、服からナイフをとりだし、ラスとアトランに襲いかかったからだ。

アルコン人とアフロテラナーは攻撃者の手首をつかむと、そのままうしろに倒れた。そのさい、力の抜けた手からナイフが滑りおちる。ふたりはすかさず、ダゴルグリップを二発、見舞った。

ハウリ人たちは、うめき声をあげながらその場にくずおれる。意識は失っていないものの、十五分ほど横たわったまま動けずにいた。

ローダンは、ここではじめて捕虜を注意深く観察した。

一見したほど、背は高くない。せいぜい一メートル八十センチか。かつてギャラクティカーが遭遇したハウリ人は平均身長二メートルだったはず。

ほかにもちがいがある。

このハウリ人の肌色はふたりとも、かつて遭遇した者たちのような濃褐色ではなく、暗黄色だ……そして、肉づきがいいせいか、その顔はもはやミイラのようには見えない。

着用しているのは、見たところ二種類の衣服だった。からだにぴったりと巻きつけられた褐色の粗い綿のような縞模様の生地。その上には、フードつきの黄白色の厚手のコート。北アフリカに住むベドウィンのバーヌースに似ていた。ほかに、ダークグリーンの鱗《うろこ》状の革でできた膝丈のブーツを履いている。

アトランはナイフをひろいあげ、

「工業製品じゃないな」と、いうと、おや指で刃を慎重になぞった。「粗悪な鉄のハンドメイドだ。柄は象牙《ぞうげ》の一種だな」

ローダンは顔をあげた。遠く北西から、雷鳴が聞こえる。空が黒ずんでいるのが見えた。風も強まっている。風が西側の川床の斜面から大量の砂を巻きあげ、ギャラクティカーとハウリ人に向かってたたきつけた。

「砂嵐かもしれないな」ローダンはいった。「ならば、接近したら急いで船にもどればいい。まずは、捕虜たちが意識をとりもどし、話ができるようになるまで待とうと思う。

ただし、ここではなく、風よけになる場所で」

そう告げ、ハウリ人の腋《わき》に手をそえると、やや張りだした斜面の下まで引きずっていった。斜面の上に砂煙が吹きつける。アトランはもうひとりの捕虜をその隣りに横たえた。

それから、ローダンは《カルミナ》と通信を確立し、ジュリアン・ティフラーに手みじかに中間報告をした。

「ハウリ人！」ティフラーがいった。「どこに行こうと、ヘクサメロンのもと門徒たちと関わらずにはいられないみたいですね。とはいえ、すくなくともかつてここには《バジス》乗員もいたにちがいありません。この惑星がブガクリスと呼ばれるのは偶然かもしれませんが、ブガクリスとサンドラというふたつの名前が、同じ星系でつかわれているのは偶然ではありえない。捕虜の尋問もその方向に照準を合わせてみてください、ペリー」

「了解だ」ローダンが応じた。「またあとで。われわれの〝友たち〟はまもなく、尋問できる状態にもどるだろう」

ローダンは通信を切ると、まだぎこちないものの、ふたたび手足を動かしはじめたハウリ人ふたりを見つめた。なるほど、たちまち回復してきているようだ。その間、ハウリたちも相手を見つめかえした。

「われわれ、平和目的でこの惑星を訪れた」とうとう、ローダンがハンゴル語でいった。「われわれをカルタン人だと思ったのか？」

高い知性と決意が顔にあらわれた片方のハウリ人がからだを起こし、指をこねくりまわしながら、ローダンの顔を見つめ、答えた。

「きみたちは、サショイ＝カルタン人ではないな。いまようやくわかった」ハウリ人は、やや訛《なま》りのあるハンゴル語でそういったが、突然、たどたどしいインターコスモに切りかえた。「ならばなぜ、星間船でこの惑星を訪れたのか？」

ローダンにはわかった。このインターコスモを使った問いかけはテストにちがいない。まずは、ローダン自身がインターコスモを理解できるか、ためしたのだ。そう考えると、あらたな疑問が浮かんだ。

「星間宇宙を航行するのは、カルタン人だけではない」テラナーはインターコスモで答えた。「われわれはギャラクティカー。友グッキーをのぞいて全員、人間だ」イルトをさししめしながら、そう告げる。「この惑星には、われわれのような人間がいるのか？」

「かれらについて、なにも知らないのか？」ハウリ人がたずねた。男の目もその仲間の目も、もう数秒前ほど警戒していないようだ。

やはり、そうか！　ローダンは、心臓が跳びあがるのを感じた。つまり、ブガクリスには人間がいるのだ！　《バジス》乗員の末裔たちだ！

「われわれ、確信が持てなかった」ローダンは、ふたたびハンゴル語で告げた。どうやら、このハウリ人にとってはハンゴル語のほうが話しやすそうだったから。「われわれの捕虜だったドル・ハランという名の奴隷商人がそういっていたのだが。とはいえ、きみたちについてはなにも教えてくれなかった。だから、きみたちの村をここの人間たちのものだと思いこんでしまった。この戦いはただの誤解にすぎない」ローダンはそういい、自分と仲間の名を告げ、紹介した。

「わたしはロク・ラヒー」これまでローダンとの会話を担当していたハウリ人が答えた。

「そして、わが弟の名はクオン・シュトレだ」突然、その目が暗くなる。

「なぜ、あれほど多くのわが兄弟たちを殺したのか？」

「死んでいないとも」アトランがきっぱりといった。「われわれの武器は、一時的に相手を麻痺させることができる。きみたちとの戦いでも、そうしたまでだ」

「そっちは、ぼくらを串刺しにして、ずたずたにし、吹きとばそうとしたけどね！」グッキーがわざと怒ったふりをして叫んだ。「きみたちの胃に砂をいっぱい詰めこめばよかったよ！」そういうと、ひと握りの砂をテレキネシスで持ちあげ、ロク・ラヒーの顔めがけて投げつけた。もちろん、手かげんして。

ハウリ人ふたりは、驚きととまどいの目でイルトを見つめている。すると、クオン・

シュトレが震える声で訊いた。

「あなたは砂嵐の神なのか、グッキー？」

イルトは胸を張りすぎて、ほとんどバランスを崩しそうになる。

「われこそ、すべての風、水、火の神だ！」グッキーは自慢げにいうと、乾いた川床にちいさな砂の竜巻を発生させた。竜巻はしばらく回転したあと、まっすぐ空へと消えていく。

クオン・シュトレは音を立てながら息を吸いこむと、こうべを垂れ、砂に額をつけた。

「エレメントの神よ……」弟はうやうやしく口を開いたが、たちまちロク・ラヒーから肋骨に肘鉄をくらい、あえぐような声を絞りだすほかなかった。

「ばかなまねはよせ、弟よ！」ロクが叱責した。「神聖な存在ならば、この生物のように子供じみたまねなどしないだろう。おそらく知性はあるが、ただの動物にすぎない」

「なんだと？」ネズミ＝ビーバーが激怒して叫ぶ。

次の瞬間、ロク・ラヒーはまっすぐ空中に舞いあがり、数字の八を描いてゆっくりと地上にもどされた……もっとも、そのさい、とがった岩に背中から着地する。

ハウリ人は意味不明な悪態をつき、あえぎながらいった。

「理性ある者は、けっしてこのようなまねを……」

「やめるのだ！」ペリー・ローダンが叫ぶ。グッキーが一本牙《きば》を根もとまでむきだし、テレキネシス能力をとりわけ派手に披露しようとしているのが目に入ったのだ。「悪ふざけもほどほどにしろ。歯どめが利かなくなるのは、サルのたぐいだけだぞ」

「ふん！」イルトはがっかりしたようすで、やや傷ついたようにいった。

「われらが友グッキーは、いささかやりすぎたようだ」テラナーがロク・ラヒーに向かっていった。「とはいえ、かれにはきみやわたしと同じくらいの知性がある。グッキー、いいかげんにそれを証明してみせてくれないか！　ロク、われわれは平和目的でここにきた……友になることもできるだろう」

　ロク・ラヒーは笑みを浮かべた。

「了解した、ペリー・ローダン」

「ペリーでかまわない」ローダンは、ほっとしたようすで答えた。「この惑星の人間は、どこにいるのか？」

　ロクはおよそ南の方角をさししめし、

「あの山の奥に住んでいる」と、答えた。「われわれはときおり、〝空飛ぶ山の民〟と会い、取引をしている……そして、年に一度、競技会でその最強者たちと対決する。競技会はもうすぐだ。よければ、われわれといっしょにくるがいい」

　ローダンは冷静になろうとした。ほんのすこし前まで、期待すらしなかったほどの成果だ。

まもなく、《バジス》乗員の末裔と会えるのだ。

それでも、心に重くのしかかるものがある。人類のかつてのエリートたる者たちの末裔が、どのような原始的状況下で生活しているのかを目のあたりにすれば、どれほどのショックを受けることか。

「もちろん、同行させてもらうとも、ロク」ローダンが応じた。

「では、出発だ」ハウリ人はそう告げ、北西の方角を見つめた。空は完全に暗くなっていた。「まもなく砂嵐がくる。村にたどりつく前に、完全に砂に埋もれてしまうかもしれない」

「心配無用だ」ローダンが応じた。「問題なく、到着できるはず。ただし、まずは装備をとりに、そして友数名を迎えにわれわれの船にもどるつもりだ。かまわないか？」

「了解だ」ロク・ラヒーが、弟の意見にはいっさい耳を貸さずに、これで充分だといわんばかりに明確に自分の意志をしめした。

4

バス＝テトのイルナは、《カルミナ》の自室キャビンのベッドの上で脚を組んですわっていた。

とはいえ、実際にはまったくべつの場所にいる。

意識はゼロ夢で、惑星ブガクリスの地表を移動していた。ちょうどブリザードの中心を横切るところだ。たった数分で気温は、摂氏七度から零下五十八度に急落した。凍りついた大地の上を水平に吹きあれる風は、時速四百キロメートルに達し、鋭い針のような氷の結晶をふくんだ雪塊を巻きあげる。

女アコン人は、これをほぼ肉体的に感じていた。もっとも〝ほぼ〟にしかすぎず、肉体はまだ《カルミナ》内にいる。それでも、ブリザードに巻きこまれてしまったことに絶望していた。本当は、着陸地点の南の山岳地帯をゼロ夢で移動するつもりだったから。ところが、思うようにいかず、その理由もわからない。

ゼロ夢は、ペドトランスファーほど制御しにくい能力ではない。恒星サンドラの放射スペクトルに超高周波エネルギーがふくまれていたとしても、それはゼロ夢での動きを遅くするだけで、コースを逸脱させることはないはず。

イルナは粘りづよく、ふたたび南に向かって進んだ。周囲では、氷の嵐が吹きあれる。凍って粉々になった低木の破片が地上で渦を巻き、ガラスのように硬く凍った草原にまっすぐなシュプールを描く。

女アコン人は驚いた。前方に黒っぽい障害物が出現したのだ。そこに近づき、貫通する。ホログラムで見たような砂漠船の胴体だった。転覆し、短いマスト数本の根もとだけが船体をななめにたもっている。ザイルも帆も北西風に吹きとばされ、まるで冥界にのみこまれたかのごとく、はるか遠くに消えていた。

生存者はいない！

ただの死んだ外殻だ。

イルナは、メインマストの根もとと凍てついた草原のあいだになにかがはさまっているのに気づいた。衣服にすっぽり身をつつんだヒューマノイドのかたちをした凍った肉の塊りだ。

ブガクリス人の死体か？

正確には判別できない。

イルナはさらに進み、船の残骸からややはなれた場所に第二の死体を見つけると、ふたたびとまった。

　こんどは明らかにブガクリス人ではなく、異人だった。正確には宙航士だ。凍りついた肉体をつつみこむ氷殻の下には、宙航士の球形耐圧ヘルメットの輪郭が見える。そこにはぎざぎざの穴が開いていた。なぜ、この異人が絶命したのかは明白だ。

　男カルタン人か？

　もう確認はできない。穴の奥にはただ、硬い氷の塊りがあるように見えるだけ。

　女アコン人は意識を集中させた。死者の中枢神経系内で進行中の分子エネルギー・プロセスを見つけだし、そこから死にいたった出来ごとの断片映像を抽出しよう。

　この瞬間、意識がはげしく後退した。

　ゼロ夢の心の目の前に闇の塊りが、そのなかにからっぽの眼窩《がんか》三つが見えたのだ。

　〝ブガクリスの死者の目〟だわ！

　バス＝テトのイルナは叫び声をあげ、ゼロ夢から目ざめた。うろたえ、混乱しながら周囲を見まわし、《カルミナ》の自室キャビンにいることに気づく。

「ブガクリスの死者の目！」女アコン人はささやき、はげしくかぶりを振った。「なにか、現実的にはまったくありえないことにとりつかれてしまったようだわ。瀕死のカルタン人が死者の目とかなんとかつぶやいたからといって、その幻覚がゼロ夢のなかまで追いかけてくるなんて」

イルナはベッドから立ちあがると、服を脱ぎ、衛生ブースに入ってシャワーを浴びた。それから、新しい下着と船内コンビネーションを身につけ、自動供給装置から一杯のコーヒーをとりだす。

甘いコーヒーをすすりながら、もう一度、ゼロ夢での体験を振りかえった。〝死者の目〟についての見解はいまも変わらない。死にゆく者の非現実的な妄想と考えていた。とはいえ、この説明に満足することはない。まだすべての説明がつかないから。いまだ、ゼロ夢で赤道南側の山岳地帯に到達できなかった理由がわからない。ゼロ夢の夢見者として、いまだかつて物質的障害にじゃまされたためしはなかった。ただの精神には、それが質量であろうとエネルギーであろうと、貫通不可能な物質などありえない。

死者の目が存在するかどうかはともかく、この嵐の惑星にはなにか秘密がありそうだ。

アームバンド・テレカムがうなり、思考が中断された。スイッチを入れると、画面にジュリアン・ティフラーの顔がうつしだされる。

「全員もどってきたよ」

それだけで充分だ。

アトラン、ペリー・ローダン、それにテレポーターふたりがもどってきたのだ。

鏡を一瞥すると、キャビンを出て、司令室に向かった。

アトラン、ローダン、ラス・ツバイ、グッキーが中央に立っていた……そのあいだには、簡素な衣服をまとったヒューマノイド二名がいる。

ハウリ人だわ！　その顔を見た瞬間、女アコン人の脳裏を駆けぬけた。なぜ、わたしは気づかなかったのか？　ペドトランスファーでハウリ人を制御することはできなくとも、ブガクリスにハウリ人が存在することは感じとれたはず。

やはり、この惑星はどこか変だ！

それでも、この思いをだれにも気づかれないようにした。かわりに、アトランとその同行者に向かってこういってみる。

「ずいぶん寒そうだこと。それに、砂まみれだわ」

ラス・ツバイは大きなくしゃみをし、そっけない声でつけくわえた。

「わたしなら、次の休暇をこの惑星ですごそうとは思わないな」

アトランは笑みを浮かべたが、すぐに真剣な顔つきにもどる。ハウリ人ふたりをさししめしながら、

「こちらはロク・ラヒーとクオン・シュトレ、われらが友だ」と、ハンゴル語でいった。「われわれを殺そうとしたハウリ人の砂漠船団からこのふたりを選びだし、一緒にきてもらった。誤解があったようだ。われわれをカルタン人の奴隷商人だと思ったらしい」

イルナはうなずいた。かつてアコン人エネルギー・コマンドの精鋭工作員として身に

つけた緻密さで、すでに気づかれることなく、すみやかにハウリ人を分析していた。粗野だが率直な者たちだ。陰謀はこのふたりとは無縁で、その目だけでもイルナに多くを語る。狂信者ではない。それゆえ、ヘクサメロンの崇拝者でもないとわかる。

「わたしはバス＝テトのイルナ」女アコン人はそう名のると、一揖《いちゆう》した。「イルナでかまわないわ。〝砂漠の息子たち〟を歓迎します」

アトランにロク・ラヒーと紹介されたハウリ人がイルナに向きなおり、よく響く低い声でいった。

「トロナハエ、われわれは自分たちをそう呼んでいる。砂漠の花という意味だ。だが、なぜそれを知っている？」

「トロナハエですって？」イルナがくりかえした。そこでようやく、自分がまさに同じ言葉を使ったことに気づく。なぜなら、ハンゴル語の〝トロナハエ〟は、〝砂漠の息子たち〟という意味だから。

「わからないわ」女アコン人は答えた。「でも、あなたたちにぴったりな名前だと思ったの」

ロク・ラヒーは目の前でひざまずき、イルナの右足のブーツに額をつけると、ふたたび立ちあがった。

そして、おごそかにこう告げる。

「ならば、あなたは予言者だ、イルナ。あなたの目は昼も夜も、不可視のまま砂漠の上をただよい、物事の奥にある本質を見つけだす。わが部族は、わたし同様にあなたを崇拝するだろう」

女アコン人が、これを世辞ととらえたかどうかはわからない。真剣な顔つきのままだ。トロナハエの背後では、グッキーがウィンクし、一本牙を根もとまでむきだして見せている。

アトランはにやりとし、こう告げた。

「ロクとクオンに招待され、このふたり、そして一部の同胞とともに競技場を訪れることにした。そこで年に一度、トロナハエと〝空飛ぶ山の民〟が集《つど》い、オリンピックのような競技会が開催されるらしい。われわれは、いままでいた場所で吹きあれた砂嵐のせいで、いったん、ここにもどってきただけ。セランのなかに入りこんだ砂を洗いながそうと思って」

イルナは砂嵐と聞き、突然、ふたたび死者の三つの目が、目の前に浮かんだ。

恐怖を振りはらい、こう応じる。

「ならば急いだほうがいいわ！　わたしはもちろん、あとでいくから……《シマロン》から選ばれた五名も。でも、トロナハエふたりもシャワーを浴びるべきじゃない？」

「ふたりにとっては楽しくないだろうな……もちろん、あんたが洗ってあげるんなら話はべつだけど」イルトが生意気をいった。「ほんものの〝砂漠の息子たち〟は、水は飲むためだけに使うんだ。ほかの用途には絶対に使わないよ」

「まったく、困った子ね、グッキー」イルナはそういいながら、笑った。

アトラン一行は、砂のシュプールをのこしながら司令室を出ていく。女アルコン人はゲストに向きなおると、こう訊いた。

「冷たい飲料水はいかが？　ほかの飲み物や食べ物については、あなたたちの習性と好みがわかってから用意しようと思うの」

トロナハエは、ふたりともうなずいた。

まもなく、兄弟は女アコン人の向かい側の予備シートに腰をおろし、磁器製カップから澄んだ冷たい水をおいしそうにすすった。

*

アトラン、ローダン、テレポーターふたりが司令室にもどってくるまでに、イルナはトロナハエふたりと会話し、さらなる情報を引きだしていた。

たとえば、ロク・ラヒーは同胞種族のなかでも高い地位にあるようだ。ブガクリスの〝船主〟と呼ばれる存在で、大型砂漠船三隻を所有していた。そのうち最大、最速かつもっとも戦闘力の高い船に、船長として座乗する。船はトロナハエにとり、男の価値をはかる指標だという。

砂漠船の強力な武器は、トロナハエがたがいに、あるいは〝山の民〟と戦うためのものではない。それはもっぱら、砂漠の攻撃的な巨大生物や、ときおり山の尾根から砂漠に降りてくる肉食ドラゴンから身を守るためのものらしい。

とはいえ、武器はまた狩猟にも使われる。砂漠は、ほとんど植物性食物を提供しない。ナブハと呼ばれる穀物、タンパク質の豊富な貯蔵根ヤンザ、藪に育つナツメヤシの実のような果物カウパスの栽培に適した場所はほんのわずかしかないようだ。

トロナハエ兄弟によれば、同胞種族以外にこの惑星には、〝山の民〟のほか〝海の悪魔〟と呼ばれる者たちがいるという。かれらは温暖な季節には巨大船で暮らし、漁をして生計を立て、冬が訪れ、海がことごとく凍結すると、ボートをひっくり返して雪でおおい、氷の宮殿のようにして住むらしい。

〝砂漠の息子たち〟も〝山の民〟も、〝海の悪魔〟との接点はほとんどなく、たいてい偶然に出くわすだけ。交易も頻繁ではないという。イルナは、ロク・ラヒーとクオン・シュトレの話から結論づけた。〝海の悪魔〟というのは、もと《バジス》乗員のうちのエルトルス人、エプサル人、超重族の末裔にちがいない。

女アコン人には明らかだった。ハウリ人も、もと《バジス》乗員のふつうの〝人間〟も、ブガクリスの海のきびしい条件下で生きのびるには強靭《きょうじん》さに欠ける。

女アコン人は、この情報を作戦部隊のほかのメンバーに伝えた。その間、《シマロン》から応援に駆けつけたレジナルド・ブルが、自船のスペース＝ジェットで一行をロク・ラヒーの村に送りとどける。そこに、トロナハエの〝六日間競技〟参加者たちが集うのだ。いまやギャラクティカーは、はばかることなくセランを着用していた。変装しつづけたところで、無用な仮装大会になるだろう。

イルナはブルに、先ほどまでブリザードが猛威を振るった地帯に向かい、そのあたり一帯をしばらく重点的に飛びまわるようたのんでいた。

なぜ、そこに行きたいのかはわからない。そもそも、ゼロ夢で見たのとなにかべつのものが見つかるとは思えない。ゼロ夢においても、現実とまったく同じことを体験するのだから。ただそのさいは、自分が物理的にそこに存在していないだけだ。

ブルはイルナになにひとつ強要せず、相手にとりそれが不快だと気づいた瞬間、なにも訊かないよう気づかってくれた。女アコン人は友に感謝した。

しばらく周辺を飛びまわり、とりわけスペース＝ジェットの探知装置のおかげで、目的地を比較的容易に見つけだすことができた。これはなんといっても、宙航士の宇宙服の装備が、その死後数週間が経過してもなお、わずかなエネルギーを放射しつづけ、それが探知されたためだ。

遺体を調査するため、ブル、アトラン、イルナ、ロクだけが機体の外に出た。アルコン人は一瞬躊躇《ちゅうちょ》したのち、コンビ銃をインパルス・モード、つまり低出力の広範囲散乱放射に切りかえた。それにより、遺体を損傷することなく、表面的に解凍できる。

「明らかに男カルタン人だな」アトランは、ネコのような顔があらわになると断定した。左のこめかみの上にある黒い線を見つめ、

「火傷《やけど》の痕だ！」と、インターコスモでささやく。そして、耐圧ヘルメットのぎざぎざの穴の縁に触れた。「過熱によって破裂したようだ。このカルタン人は、低出力のエネルギー・ビームにより間接的に命を落としたにちがいない。顔の左半分にのこる火傷の痕は致命傷ではなく、せいぜいショックと意識喪失を引きおこす程度のものだろう」

「でも、トロナハエはエネルギー兵器を持たないはず」イルナが反論し、目を閉じた。ゼロ夢から、死者の目の映像が意識に押しよせるのを感じる。

女アコン人はハンゴル語で話していた……その言葉にロクが反応し、恒星のような閃光をはなつ武器を所有するのは、奴隷商人だけだと断言する。

アトランはからだを起こし、一歩うしろに下がった。コンビ銃の設定はそのままで、死んだ男カルタン人の周囲をなぞるように動かす。

数分後、死体の右手から二十センチメートルほど手前に、エネルギー兵器があらわれた。カルタン人が、宇宙船の墓場、《バジス》の残骸の散乱域で使用したのと同じタイプのハンドブラスターのようだ。

「自分で自分を撃ったのだろうか」レジナルド・ブルが驚いたようにいった。「カルタン人が自殺するとは思えないが」

「自殺ではなさそうだ」アルコン人が考えこみながら答えた。「手がかりから察するところ、なんらかの理由で冷静さを失い、無作為に発砲し、みずから軽傷を負ったのだろう。絶命したのは、もっとあとのこと。そのまま気を失い、ヘルメット内に冷気が侵入したが、だれにも救助されなかったため、凍死したにちがいない。どうやら、ここにはひとりきりできたようだ。理由はなんであれ」

理由はなんであれ！　イルナは心のなかでくりかえした。あるいは、仲間に見捨てられたのか。なにかが仲間を追いはらった可能性もある。

ブガクリスの死者の目だ！

イルナは身震いした。

「セランのピコシンの調整温度が低すぎるのか？」アトランが気づかうように訊いた。

「いいえ、大丈夫よ」イルナは答えた。「さ、先に進みましょうか？」

そう告げ、踵《きびす》を返すとスペース＝ジェットに向かう。ブガクリスの謎を解明するには、自分がなにをしなければならないか、わかった。

あるいは、解明されることはないのか……

5

レジナルド・ブルは、スペース＝ジェットを家の高さほどの砂丘ふたつのあいだに着陸させた。ロク・ラヒーの村から一キロメートル半ほどはなれた場所だ。

恒星がちょうど地平線の向こうに消えた。あたりは、たちまち暗くなる。村からスペース＝ジェットは見えないだろう。

誤解を避け、だれかが命を落とすことがないよう、ロク・ラヒーとクオン・シュトレがまずふたりで村に向かった。仲間に状況を説明し、ギャラクティカーの訪問にそなえさせるためだ。

スペース＝ジェットから、グッキーはトロナハエの思考を探知した。表面的思考しか読みとれないものの、この場合はそれで充分だ。

「かなり混乱してるようだよ」ほかの同行者同様に、司令コクピットで不思議な夜空を見あげながら、イルトが告げた。これが惑星ブガクリスからの眺めだ。「麻痺してた仲間がもとどおりになったから、部族のほかのみんなは仲間の復活に驚いてるみたい」

「もしかしたら、カルタン人の奴隷商人も麻痺銃を使用していた可能性があるのかしら?」ヌリア・ガイ・ツァヒディが、特製のクロスボウをいつくしむようになでながら訊いた。彼女は六百九十五年前、《ジュナガシュ》からペリー・ローダンを解放するさい、このクロスボウで驚くべき貢献をしたのだ。

「きっと、そのとおりだ」ブルが断言し、身長わずか一メートル五十二センチの、浅黒い肌をした、黒く短い縮れ毛の女を見つめた。宇宙船設計士で、船内エンジニアでもある。〝純血〟の狩猟の民の特徴をすべてそなえ、それゆえ化石のような存在だ。というのも、テラでは数千年にわたってあらゆる人種の〝混血化〟が活発に進み、いまでは〝純血〟はもっぱら、初期の細胞活性装置保持者だけにかぎられてしまったから。

ヌリアは自身を〝サン人〟と呼んでいる。おそらく古代の狩猟の民〝コイサン族〟に由来する言葉だろう。彼女はいまもなお、狩猟の民の本能の多くをそなえ、それゆえ惑星における作戦行動に向いていた。趣味は、古代兵器のレプリカを創ること。伝説の狩人ニムロドが使ったとされるクロスボウもそのひとつだが、古代のオリジナルとは異なり、六連射式で、鏃《やじり》には極小の反物質爆弾が仕こまれている。とはいえ、通常の爆薬や熱核爆弾を装填することも可能だ。矢の射程距離は、反物質反応ミサイル照準器があれば最大十キロ。

「ブガクリスに住むトロナハエが麻痺銃についてなにも知らないとすれば、それはカルタン人がこの惑星に生き証人をひとりものこさなかったためだと思われる。おそらく、例外なく全員を麻痺させ、連れさったのだろう」

「聞いて！」グッキーが叫んだ。「ロクとクオンに仲間が気づいたみたい。たくさんのトロナハエが挨拶しに駆けよってくるよ。すぐに、大騒ぎがはじまるね」

バス＝テトのイルナは、笑みを浮かべ、考えこむように夜空を見あげた。その光景は、幽霊船団の乗員たちが置かれた異例な状況を物語る。ハンガイ銀河の星々の大部分が存在する右舷には、無数の星々が輝いていた。それに対し、左舷には両手の指で数えきれるほどの星しか見えない。サンドラ星系が、ハンガイ銀河辺縁部に位置するせいだ。

「誤解は解けたみたいだね！」ネズミ＝ビーバーが自慢げにいった。まるで、そのすべてが自分の功績であるかのように。「ちょいとジャンプして、いますぐ行くべきか、それともあすの朝にしたほうがいいか、聞いてくるね」

「ヘルメットを閉じるのよ！」

イルナが叫んだが、グッキーはすでにテレポーテーションしていた。

三十秒後、イルトがスペース＝ジェットの司令コクピットにふたたび実体化する。耐圧ヘルメットは閉じられていたが、グッキーはすぐにそれをうしろに跳ねあげると、大きな耳たぶに両手をあて、泣き声をあげた。

イルナはこの状況にそなえ、すでにスペース＝ジェットの救急箱を開いていた。

「耳が凍傷になったのよ」女アコン人はそう説明しながら、凍傷の特効薬入りのスプレー缶を振る。同時に局所麻酔効果もある薬剤だ。「完全に晴れた夜空では、気温が急降下してもおかしくないわ」

イルナは慎重に、耳をおおうグッキーの両手を押しのけ、耳介《じかい》にスプレーを充分に吹きかけた。

イルトは悲鳴をあげたが、すぐに泣きやんだ。痛みがたちまち和らぎ、どうやら自分でも驚いたようだ。

「耳に触らないで、グッキー！」女アコン人が注意した。「折れてしまうから。凍傷は二十分ほどで治るわ」

「もう痛くないから、だいじょうぶだよ」イルトが答え、激痛のあまり目に浮かんだ涙をぬぐった。「どれほど痛かったか、ほとんど想像できないと思うけど。ありがとう、イルナ」

「どういたしまして」女アコン人はそう答えると、スプレー缶をもとの場所にもどした。

イルトは、痛みをたちまち忘れ、すぐにまた一本牙をむきだして見せた。いつもの八分の一ほどの大きさではあったが。

「この恩は忘れないかんね」イルトは女アコン人にいった。「いつでも、ぼくをたよりにしていいよ」

イルナは笑みを浮かべ、

「もちろん、いつだってたよりにしているわ」と、告げた。「ところで、トロナハエのようすはどうだったの？」

「いますぐにでもきてほしいって」グッキーが答え、顔をしかめた。「けど、耳が凍えそうなのがわかった瞬間、あすの朝にするって返事したのさ。でもって、急いでジャンプしてもどってきたってわけ」

「正解だな」アトランがいった。「もちろん、セランと耐圧ヘルメットを閉じればすむ話だが、〝砂漠の息子たち〟に、われわれがかれらよりもはるかに繊細だということをわざわざ教える必要もない」

アルコン人はローダンを見つめ、

「出発は明朝にしよう。グッキーにもう一度探ってもらい、トロナハエがこれを受けいれるとわかったならば」と、告げた。

ローダンがうなずいた。

イルトはすでに数秒もしないうちに、テレパシーで感じとっていた。トロナハエはこの決定にほっとしているようだ。

実際、ゲストをどのようなごちそうでもてなせばいいのか、わからなかったから。

＊

夜が明けた。空は依然として澄みわたり、驚くべき青さにつつまれている。風はほとんどないが、空気は氷のように冷たい。

レジナルド・ブルと着陸部隊のメンバーは、スペース＝ジェットの司令コクピットで朝食をとった。せまくてもかまわない。乗員は快適に温度調整された室内でコーヒーや紅茶をすすり、テラ船団の朝食を満喫していた。透明キャノピーのすぐ外側では、凍てつく寒さに空気が張りつめる。恒星サンドラから陽光が降りそそぎ、霧氷におおわれた砂漠が巨大なダイヤモンドのごとく輝くのが見えた。

「朝食後、出発する」ペリー・ローダンが告げ、卵の殻を星図テーブル上のちいさなごみ箱に捨てた。「グラヴォ・パックを使おう」

「必要ありませんよ、ボス！」ブルがからかうようにいい、ハムサンドをひとくち頬張る。「迎えにきてくれますから。〝砂漠の息子たち〟はじつに早起きですな」

だれもが、村落のある南西方向を見つめた。

驚いたことに、すくなくとも九つの雪のように白い帆のついた巨大船一隻が、おごそかにゆっくりと近づいてくる。帆は、木製の黒いプラットフォームの上で三列にならび、右舷と左舷にひろく張りだしていた。

「なんとすばらしい光景だ！」ラス・ツバイが叫び、スペース＝ジェットの映像シントロニクス二台にそのようすを記録させる。「まるで、北大西洋の凍った波の上の〝さまよえる幽霊船〟だな！」

「見張り台さえあるぞ」アトランが告げ、腕を伸ばすと、中央列前方のマストをさししめした。そのまわりをらせん階段が、十五メートルほどの高さにある大きな見張り台までつづく。見張り台というより、むしろある種の司令塔かもしれない。その手前のもっと低い位置には、スペインのカラベル、つまり三本マスト帆船の前帆《フォースル》を彷彿させるちいさな帆がある……そして、船首斜檣《バウスプリット》に固定された、さらにちいさな帆は、まさにカラベルのブラインドのようだ。

それはべつとしても、この構造はテラの帆船のそれとはかなり異なる。船体は高さわずか一メートルほどしかない。おまけに、砂漠船が砂の上を進むための非常に頑丈な幅広のスキッドがぜんぶで十本ある。

スペース＝ジェットのすぐ手前で、船が急に減速すると、厚い衣服にすっぽりくるまった二ダースほどの〝砂漠の息子たち〟が、横静索《シュラウド》にしがみついているのが見えた。

見張り台から、だれかが手を振っている。

「ロク船長よ」エレクトロン望遠鏡の助けなど必要としないほど、視力のいいヌリアがいった。

「準備はいいか？」ロク・ラヒーがハンゴル語で叫び、それを外側マイクロフォンがひろう。

アトランがマイクのエネルギー・リングを引きよせ、答えた。

「船よ、アホイ！　われわれは、まもなくそちらに行く！」

スペース＝ジェットの外側スピーカーが、トロナハエに向かって叫んだ。

「昔とった、なんとやらだな」ブルがからかうようにいった。〝アホイ〟という船乗りのかけ声のことだ。

「早朝運動の準備にかかろう！」ローダンが同様に陽気に叫んだ。

テラナーは突然、冒険心と興奮につつまれたように感じた。わずか数分前にはありえないと思っていたものだ……いずれにせよ、幽霊船団がおかれている、まったく不明な状況に鑑《かんが》みれば。

着陸部隊のメンバーは、朝食を中断し、これまで培《つちか》ってきた迅速さで準備をととのえた。それは、危機的状況のみならず、あらたな友を品さだめしようとトロナハエ数十人が目を光らせて外で待ちかまえるこの状況においても役だった。

十分後、セランを着用し、装備点検が完了。すると、偵察部隊はブルに別れを告げ、下船した。

砂漠船では、無言の注目を浴びた。あるいは大騒ぎと威嚇《いかく》行為で迎えられる。それでも、たちまちロク・ラヒーが、自分がこの場の支配者であることを証明した。鋭い声で命令をいくつか発しただけで、はめをはずした〃砂漠の息子たち〃が、ふたたび統制のとれたひとつのチームとして行動するようになる。

ペリー・ローダンとアトランは、船長から見張り台、つまり司令塔に招かれた。船はそこから操舵されている。のこり八名は、船首の屋根つきプラットフォームの下にもぐりこんだ。背後には、さらなるプラットフォームが見える。そこには船の武器がならび、シートでおおわれていた。乗員は、横静索《シュラウド》か横帆用ヤードで働いていないかぎり、たいらな船体の上に腰かけている。

船がスペース＝ジェットから三百メートルほどはなれると、円盤型宇宙艇は音をたてずに、垂直に空に向かって上昇した。

まもなく風が強まった。帆が膨《ふく》らみ、船は音をたてながら砂丘をすりぬけるように上下に滑っていく。

「最初の目的地は、砂漠都市メテモアだ」ロク・ラヒーが、アトランとローダンに告げた。「そこで、ほかの村からの競技参加者たちと合流する。メテモアで一日休もう。あるいは〃偉大なる母〃を巡礼してもいい。それは遠い昔、メテモア付近に落下し、トロナハエを誕生させた星だ」

「星だと？」ローダンがくりかえし、さらなる詳細について訊こうとした。その星、つまり〝偉大なる母〟こそが、宇宙的カタストロフィのさい、惑星ブガクリスに着陸したハウリ船であり、その乗員が現在の〝砂漠の息子たち〟の祖先だという可能性もある。

ところが、アルコン人は友の前腕に手をそえ、訴えるように見つめると、かぶりを振った。

ローダンはなにもいわない。わかっている。トロナハエがハウリ人で、ヘクサメロンの奉仕者だったという、真の過去と出自を明かすようなまねをしてはならない。かれらがすでに忘れさったものは、過去を合理的に総括する方法がないかぎり、忘れさられたままでなければならないのだ。

そして、六百九十五年前になにが起きたのか、銀河系の繁栄文明、ギャラクティカム、宇宙ハンザがどうなったのか、幽霊船団の乗員自身が正確に知らないかぎり、そのような方法は存在しない。

トロナハエがそれを知らないかぎり、装備のととのった宇宙船十四隻を所有していても、かれらはただのさまよえる敗走者の集団であり、そして……おそらく……故郷なき者にすぎない。

村に到着すると、ロクの船、〝砂漠の女王〟を意味する《クインタッロ》に、ほかの小型砂漠船三隻がくわわった。村にのこった者たちは岩山にのぼり、出発する船の帆が見えなくなるまで手を振った。

恒星は相《あ》いかわらず雲ひとつない空で輝き、気温が上昇する……零下十五度になると、ギャラクティカーたちはセランのヘルメットを跳ねあげた。横静索《シュラウド》で重労働にあたるトロナハエが下着以外の衣服をすべて脱ぎすてる。

「だれもが恒星を享受する。晴天がきょうにも終わると知っているから」ロク・ラヒーが司令塔からきっぱりと告げた。「好天に恵まれるほど、そのあとの嵐はひどくなるものさ」

船長は頭をそらし、青い空を見つめながら、

「〝ブラック・ドラゴン〟だ」と、ささやいた。「かれらは腐肉を常食とする。数百匹が特定地域の上空を旋回しているということは、そこに死者か、死にかけている者がいるはずだ」

船長は乗員に向かって、鋭い声で短い命令を発した。

《クインタッロ》は左舷側に船体をかたむけ、それまでのコースからわずかにはずれた方向に針路を変えると、砂漠の上をふたたび直進した。

6

ヌリア・ガイ・ツァヒディとバス＝テトのイルナは、ペリー・ローダンの要請で司令塔まで登った。偵察部隊メンバーのうち、シントロスコープを携帯しているのは唯一、イルナだけだったから。それは、小型双眼鏡のような見ためのシントロン制御の望遠鏡だ。一方、サン人は抜群に遠目が利く。

ふたりは、砂漠船の残骸を探した。ロク・ラヒーによれば、そこに死者あるいは死にかけている者がいるはずだ。

ところが、ヌリアの抜群の視力やイルナの高価なハイテク装置をもってしても、なにも見つからない。見つけたのは、つねに船長のそばからはなれないクオン・シュトレだった。

「ヌルクナハエ、ヌルクナハエだ！」突然、弟は腕をまっすぐ伸ばすと、前方をさししめし、叫んだ。

船の甲板では、トロナハエが叫び声をあげ、パニックにおちいる。

武器をおおっていたシートがただちにめくられ、カタパルト、投石機、ばね式迫撃砲が方向を転じた。

「砂漠の殺し屋クラーケンがどこにいるっていうの？」ヌリアが訊き、しめされた方向を必死に見つめた。「砂のなかには、いくつかのくぼみしか見えないわ」

ハンゴル語の〝ヌルクナハエ〟は、インターコスモでは〝砂漠の殺し屋クラーケン〟と訳される。

イルナは、しめされた方向をシントロスコープで調べ、数秒後、装置がくぼみの端に動くものを見つけた。

それは、ほとんど目だたない動きで、トロナハエと同程度にこの現象に精通していないかぎり、あるいはよほど注視しないかぎり、気づくはずもないものだった。

「ヌルクナハエは、つねに地下にひそむシリンダー形の巨大な砂漠ミミズで、三十二本の触手を持つ」船長が説明した。「砂漠船がその上を滑るか、大型生物がそこを通過すると、触手が瞬時に砂のなかから出現し、獲物を捕らえるのだ。きわめて頑強な触手で、砂漠船さえ破壊できる。船と乗員は砂の下に引きずりこまれ、〝殺し屋クラーケン〟がそこから必要な栄養分を絞りだすという寸法さ。そのあと、怪物は残骸をふたたび砂の上に押しもどす。それを待ちかまえるのが、〝ブラック・ドラゴン〟だ」

イルナはシントロスコープで空を見あげた。ペリカンほどの大きさの爬虫類のような生物が、上空で円を描く。翼をひろげた大きさはおよそ八メートル。翼や長い頸もふくめ、全身黒ずくめだ。頭部は、テラ白亜紀の飛行性爬虫類プテラノドンを彷彿させる。

これらの翼竜が、すくなくとも三百匹はいるにちがいない。くぼみのある地帯の上空を飛びまわっている。どうやら、〝砂漠の殺し屋クラーケン〟が犠牲者の残骸をふたたび砂の上に押しあげるのを待っているようだ。

ところが、女アコン人はほかのことに気づいた。

北西の水平線近くに、ちいさな白い雲の塊りがぶら下がっている。それは、ほとんど気づかないほどゆっくりと膨らみ、ひろがっていく。もとアコン人エネルギー・コマンドの精鋭工作員で、訓練中に惑星気象学に精通し、のちに多くのミッションで同分野における豊富な経験を積んできたイルナにとり、この徴候は明白なものだった。

そこでは南西からの湿った暖かい空気と北東からの冷たい空気がぶつかり、竜巻が発生する条件がそろっているにちがいない。

「メテモアまであとどれくらいかかるの？」イルナが船長に向きなおり、訊いた。

「三時間だ」ロクが答えた。「とはいえ、先に進む前に、〝殺し屋クラーケン〟の犠牲者の遺骨を回収する必要がある」

「やつが犠牲者の体液を抽出し、船の柔らかい木材を消化するのに、すくなくともあと一時間はかかるだろう」クオン・シュトレがいった。

「追いはらう方法はあるの？」ヌリアが目を輝かせて訊いた。

「《クインタッロ》でその上を通過してもいいが」と、ロク。「充分にすばやくなければ、〝殺し屋クラーケン〟に捕まってしまう。そうなれば、逃げるすべはない」

「ならば、まさに充分にすばやく通過しなくちゃ」サン人が応じた。鼻の穴が膨らんでいる。突然、イルナがたったいま竜巻の徴候を感じとった方向を見て、「風が強まっているわ」と、告げた。「わたしの予想どおり、あなたたちがうまく漕げるなら、風を利用すれば急いでクラーケンのかくれ場を通過できる」そういって、クロスボウをかかげてみせた。「怪物が背後にあらわれたら、わたしが始末するから」

ペリー・ローダンは、ほとんど気づかれないほどの笑みを浮かべた。二十四年前……それに〝停滞フィールド〟における六百九十五年をたして……彼女の父親とともにノルガン・テュア銀河の惑星クーラトに着陸したことを思いだしたのだ。たしかにウネア・ツァヒディは非常にはげしい気性の持ち主だったが、その娘は父親をはるかに上まわっている。

「やってみせるとも」ロク・ラヒーが応じ、クロスボウをあなどるように見つめた。

「だが、それでは〝殺し屋クラーケン〟を脅かすことさえできやしない」

「ヌリアは銀河系一の狩人なの」イルナが告げた。「彼女なら、〝殺し屋クラーケン〟をひとりでしとめるわ」

「あなたがいうなら、まちがいない」船長が敬意をこめていい、ヌリアにこうべをめぐらせた。「きみの提案どおりにしよう」

船長は乗員に命じた。

《クインタッロ》は右に旋回し、クラーケンのかくれ場から遠ざかった。そのまま、一キロメートルほど進む。風が徐々に強まり、帆が膨らんでいく。

そのまま、砂漠船はクラーケンのひそむ地点に向かって突進し……その上を通過した。

突然、船尾のわずか五十メートル後方で、白い槍のような細い触手があらわれた。その先端が高さ百五十メートルに達すると、あらゆる方向にひろがる。

《クインタッロ》は幸運にもすばやく前進し、すでに船とクラーケンの隔たりはゆうに百五十メートルを超えていた。船体のわずか数メートル後方で触手が砂にたたきつけられる。鞭《むち》のような勢いで、高さ三十メートル、長さ二百メートルほどの移動砂丘をたいらにした。

次の瞬間、〝殺し屋クラーケン〟の胴体が砂の上に出現。あらゆるブルーの色調に輝く、不格好なこの物体は、まるで裏返された直径十五メートルほどの胃袋のようだ。巨大な胴体の周囲では、木の破片や殺し屋の犠牲者の遺骸が空中に舞いあがり、渦巻いている。

「やつが跳ぶぞ！」クオン・シュトレが叫び、サン人に向かって告げた。「撃て！」

ヌリア・ガイ・ツァヒディはしなやかに司令塔の屋根によじのぼり、愛用のクロスボウを持ちあげた。六連射弾倉をリボルバーさながら回転させ、六角柱の一角を上向きにし、弦を高くかかげる。

羽根のついた長い矢が一本滑りでて、弓の溝に固定された。矢はインケロニウム＝テルコニット合金すなわちインケニット製で、黒い鏃は内側からたえず光を発している。その特徴的な外見は、ギャラクティカムの規定によれば、警告信号ととらえるべきものだ。純インケロニウム被膜で中和されてはいるが、極小の反物質爆弾が装塡されていることをしめすのだから。

半秒後、弓の溝から六本の矢が連続して発射され、〝殺し屋クラーケン〟の胴体に命中。

肉体に食いこむさい、その部分のインケロニウム中和被膜が剝がれ、顕微鏡サイズの反物質爆薬が周囲の物質に接触する。

ヌリアはすでに矢を装塡しなおし、光りかがやく肉体が膨張していくのを見守った。〝殺し屋クラーケン〟の胴体は、肉のかけらの雨と化す。触手は破壊をまぬがれたが、本体が失われると、砂の上に力なく倒れこんだ。

《クインタッロ》とほかの三隻の乗員は完全に動きをとめ、沈黙していたが、やがて勝利の雄《お》叫《たけ》びをあげた。

ヌリアは司令塔の屋根から降り、怪物自身の残骸と砂漠船の木片のあいだに横たわる、〝殺し屋クラーケン〟の犠牲者の遺骸を見つめた。

「あなたは真の狩りの女神だ、ヌリア」ロク・ラヒーが敬意をこめていった。

「どういたしまして！」サン人が応じた。「クラーケンの犠牲者を収容したいのなら、すぐにはじめて！」

「さもないと、竜巻に巻きこまれるかもしれないわ」イルナがあとを引きとる。

「そのとおりだ」クオンが断言し、北西をさししめした。

船長はその方向を一瞥し、ふたたび命令を発する。

《クインタッロ》はクラーケンのもとにもどり、減速して停止した。二ダースの乗員が船を降り、犠牲者の遺骸を革袋に収容する。クラーケンの死骸はそのまま放置された。

乗員が船にもどるとすぐに、《クインタッロ》と護衛船三隻はスタートした。たちまち、速度があがる。すくなくとも風力十の追い風が吹き、索具が災《わざわ》いの前兆のような音を立てた。

船の後方では、〝ブラック・ドラゴン〟がらせんを描きながら下降し、〝殺し屋クラーケン〟の死骸に跳びつく。

バス＝テトのイルナは前方を見つめ、できるだけ目だたないようにマストにしがみついた。精神の目の前に、三つのからっぽな眼窩があらわれたのだ。

まるで、この嵐の惑星のなにかがクラーケンの死に反応したかのように思えた。とはいえ、それがなにかは、わからない。

仲間たちの顔をそっと見まわした。

だれにも、なにか感じたようすはない。

アトランだけがやや考えこみ、おのれの内に耳をかたむけているようだ。もしかしたら、付帯脳が警告しているのかもしれない。ならば、それはむだな警告にすぎない。付帯脳の直感は、アルコン人の認識にたよらざるをえず、アトランは超能力的資質に恵まれていないのだから。

死者の目の幻影がふたたび消え、女アコン人は安堵の息をついた。

次の瞬間、グッキーが目の前に実体化する。

「ここはなんか変だよ」イルトがささやいた。「さっき、目眩《めまい》がしたんだ……で、ここにジャンプしようとしたんだけど、はじめはうまくいかなかった。ブガクリスのどこが、ふつうの惑星とちがうのか、わかる？」

「いいえ。それでも、ブガクリスには秘密があると感じるの。ただ、いまの段階ではだれにもいわないほうがいいわ。わかった？」

「イルナのお願いなら、もちろんさ」ネズミ＝ビーバーが応じた。

「そこで、なんの秘密会議かな」アトランが笑みを浮かべながらいった。

「たったいま、幽霊がでたのよ」イルナが冗談めかして応じた。

「ワインの霊でないといいのだが」アトランが同じく、おどけたようすでいった。

イルナがほっとしたことに、すぐに話題が変わる。司令塔に年配のトロナハエがあらわれ、船長に柔らかい石でできた護守を手わたしたのだ。

「死者の遺骸のなかから見つけました」男は報告した。「わたしには見おぼえがあります」

ロク・ラヒーはそれを指で回転させながら、口を開いた。

「これはシン村のトンク・ヴァニールの護守だ。かれは《ドゥンヌク》でメテモアに向かうはずだった」船長はうしろを振りかえった。「つまり、あれはトンクとその船の乗員の亡骸《なきがら》。すくなくともいま、メテモアで荼毘《だび》に付される遺体と、天の炎に集う先祖に捧げる魂がだれのものであるかがわかったわけだ」

「そもそも、そこまでたどりつければの話ね」ヌリア・ガイ・ツァヒディがいい、北西と南西をさししめした。空が完全に真っ黒におおわれている。

「念のため、われわれの魂を祖先に捧げよう」クオン・シュトレが平然といった。

ペリー・ローダンがなにかいおうとしたとき、アームバンド・テレカムが鳴った。

「ローダンだ」テラナーが応じた。

「こちらはブリー」通信機から声が聞こえた。「その先で、竜巻が発生しています」

「わかっているとも」ローダンが応じた。

「ならば、よかった！」ブルがいった。「みんなの頭上を見張り、必要ならパラトロン・バリアを展開します。ですが、じつは別件がありまして。そこから南方に位置する卓状山地で、谷間をハンググライダーで滑空するちいさなヒューマノイドを見かけたのです」

「ハンググライダーか？」ローダンが訊いた。「ほんもののハンググライダーなのか？」

「まるで昔のテラのような」ブルが肯定した。「とはいえ、この惑星のハンググライダーがスポーツ用に使われているとは思えない。それに、かれらは非常に小柄です。もしあれが《バジス》の末裔なら、その遺伝子は大きく変化したにちがいない」

「環境適応か」ローダンがつぶやいた。

バス＝テトのイルナは、周囲に立つハウリ人をすばやく見まわした。ハウリ人の末裔には、ごくわずかな身体的変化しか見られない。女アコン人はいった。

「おそらく、過去二千年間の分子生物学的な寿命延長が、人間の遺伝子コードを不安定にさせたのね。数百万年にわたって〝成長〟しつづけてきた遺伝子構造への短期的介入には、つねにリスクがともなうもの」

ローダンはうなずき、テレカムに話しかけた。

「それを解明できればいいのだが。われわれから目をはなさないでくれ、老いぼれ。とはいえ、介入は最悪の場合のみにとどめてもらいたい」

7

メテモア

ペリー・ローダンと司令塔にいるほかのギャラクティカーたちは、すでに半時間前にセランのヘルメットを閉じていた。

気温は下がっていない。むしろ上昇していた。暖かい空気が、風速三百キロメートルで竜巻のごとく砂漠を吹きぬける。湿度の上昇により、ちいさな弾丸のように凝縮された砂と塵の大きな塊りが舞いあがり、人間の肌を傷つけるかもしれない。

砂の息子たちの肌も同様に危険だ。それゆえ、ふたたびすっぽり身をつつんでいる。船の武器はおおわれ、転覆を防ぐために帆の大部分が巻きあげられていた。

半時間もしないうちに四隻が、暖気と冷気の流れがぶつかり、巨大ならせん状の水蒸気が高層大気まで巻きあげられる地点に到達するのは明らかだ。そこでは、まもなく竜巻が猛威を振るうだろう。

だからこそ、ギャラクティカーもトロナハエも安堵の息をついた。水平方向に移動する大量の湿った砂のヴェールの向こうの、たいらなボウルのようなかたちをしたひろい盆地の中心に、無数の大きな建物の輪郭を見つけたのだ。

「メテモアだ！」ロク・ラヒーが、竜巻の轟音《ごうおん》のなかで叫んだ。「やったぞ！」

「わかっていたはずだが！」ローダンはセランの外側スピーカーを通して、疑うように叫んだ。

テラの規準では、《クインタッロ》は耐えがたい状態にあるといえた。ギャラクティカーとトロナハエは司令塔から一歩も出られず、砂漠船のマストは竜巻の猛攻により前方に傾き、いまにも折れそうだ。暴風雨用の帆は、徐々に使用不能なほど引きさかれていく。

竜巻の咆哮《ほうこう》が、ますます高まった。

それでも、荒れくるう自然のヴェールの向こうに、メテモアの堅牢なドーム型建物の輪郭がしだいにくっきりと見えるようになる。この砂漠都市は、直径およそ十キロメートルの盆地の底に建てられていた。盆地は、通常の砂漠の標高より二十メートルほど低く、竜巻の最悪の影響をやりすごすには充分だ。

《クインタッロ》とその護衛船は、ゆっくりと盆地に向かう。マストがふたたびひき起こされ、恐ろしい竜巻の轟音が船の上を通りすぎていく。

「実際、やりとげたようだな」アトランが断言し、安全ベルトをはずした。

「早まるなよ、アルコンの親分！」グッキーが叫ぶ。「竜巻はまだ、おさまったわけじゃないんだから」

「いや、心配無用だ」アトランが答え、ななめ前方をさししめした。「すくなくとも、ここから北西に三キロメートルはなれている」

イルナは告げられた方向を見た。そこでは真の地獄が猛威を振るっていた。数百万立方メートルの空気が、すくなくとも直径十キロメートルの回転する渦として上昇していく。高層大気においては、水蒸気が冷気により雲や雨と化す。それによって発生した熱が竜巻の吸引力をさらに強化し、巨大渦巻の下では、ますます低気圧がひろがる。

もし、そこに砂漠船や建物があれば、粉砕され、数キロメートルほど吹きとばされ、あるいは高層大気に吸いあげられるだろう。

《クインタッロ》が最初の建物のあいだを通りぬけたとき、ギャラクティカーは気づいた。トロナハエは、メテモアの盆地地形だけにたよっているわけではなさそうだ。

あらゆる方向からトロナハエが駆けつけた。船から投げられたザイルをつかむと、《クインタッロ》を斜面につづく人工の穴に引っぱりおろす。その木製の壁はそれまで、梁《はり》と板の構造体でおおわれていた。

船が穴におさまると、たちまちマストが横たえられた。すると、救助に駆けつけたトロナハエたちがふたたび、梁と板の構造体を穴の上まで引っぱりあげる。

周囲は暗い。

やがて、斜路からほのかな一筋の光がさしこんできた。

「集会場に行こう！」

ロク・ラヒーはそう告げ、司令塔をはなれると、斜路に向かって歩いていく。乗員とギャラクティカーがそのあとにつづいた。護衛船三隻も同様に穴に引っぱりこまれ、市民たちが急いで穴のおおいの上に大きな石を転がす。

「おそらく、竜巻はここまでくるだろう！」ラス・ツバイの叫ぶ声が、近くでうなる竜巻の音をうわまわった。

ロクは、直径四十メートルほどのとりわけ大きな円形建物に向かった。平屋根のその建物は、非常に頑丈そうだ。イグルーのようなちいさな前室にせまい開口部がある。船長はそこに向かって急ぎ、ギャラクティカーと砂漠船四隻の全乗員がつづいた。

前室の終わりには、鱗状の厚い革が垂れさがり、入場者は全員、そこをくぐり抜けなければならない。これにより、砂がホール自体に吹きこむことはなさそうだ。

全員がなかに入ると、たくましいトロナハエ数名が、スライド式の厚い木製扉で前室の開口部をふさいだ。

ギャラクティカーは、壁のオイルランプのほの暗い明かりのもと、周囲を見まわした。

すると、ほかにも避難者がいるのに気づく。すくなくとも船五隻の乗員がすでにここに集まっていた。

その者たちとロク・ラヒーの船の乗員のあいだで、すぐに盛んな会話がはじまった。どうやら、船長が連れてきた異人たちも話題にのぼっているようだ。

ペリー・ローダンは、ハンゴル語の会話から理解した。ほかのトロナハエは、ギャラクティカーをロクのゲストとして、すんなりと受けいれたらしい。とはいえ、その体格のよさに驚いている。当然ながら、〝空飛ぶ山の民〟の親類と見なしていたから。かれらのジェスチャーによれば、〝山の民〟は、身長一メートル五十二センチのヌリアと同じくらい小柄で華奢《きゃしゃ》のようだ。ちがいといえば、きわめて明るい肌の色くらいか。

テラの分子生物学による、平均寿命の緩やかな、そして遺伝的向上を目的とする干渉は、人間の遺伝子コードをかなり不安定にしたようだ。同じ環境条件下あるいは短期的変化では、おそらく否定的影響をおよぼさなかっただろう。環境の影響が多世代にわたって急激に変化する場合のみ、退行的効果が発生するにちがいない。

同じことが当然、アルコン人、アコン人、アラス、スプリンガー、そしてほかのレムリア系子孫にもあてはまる。なぜなら、かれらもかつて分子生物学を利用し、長寿化したから。

もっとも、〝海の悪魔〟と呼ばれる存在……どうやらエルトルス人、エプサル人、超重族の末裔と思われる……に関するロク・ラヒーの話から察するところ、かれらに退行は見られないようだ。ひょっとしたら、その祖先が遺伝子コード全体に大規模な干渉を受けたせいで、多世代にわたる極端な環境変化に対しても安定性をたもっているのかもしれない。

テラの分子生物学は、この方面においてさらに研究を進める必要があるだろう。それは、当初の急激な繁栄期に、盲信的進歩主義によって見落とされてしまったものだ。

ペリーの表情が曇った。考えるうちに現実に引きもどされてしまった。現実はいまのところ、人類とその未来にとり、明るい状況とはいえない。

確固たる意志の力で冷静さをたもち、自身にいいきかせた。ブガクリスにおける探査を中断し、むやみに銀河系にもどることがあってはならない。

実際、故郷銀河とテラの緑豊かな丘への強い郷愁で、身が引きさかれる思いだ。それでも、帰還する前にさらに多くの情報を収集しなければ。

最初は、ハミラー・チューブの精神錯乱におちいった〝意識〟とともに分散された《バジス》だった。こんどは、惑星ブガクリスの番だ。そのあとは、あらたな状況によりほかの決定が必要とされないかぎり、マークスとポスビに関する調査になるだろう。

辛抱しなければ！　テラナーは自分にいいきかせ、唇を嚙みしめた。この決断はとりわけ過酷なものだ。ゲシールがどうなったのか、わからないのだから。

力強い手が触れ、肩がやさしく押されるのを感じた。

「心配無用だ！」アトランがささやいた。「彼女はきみを捜しつづけているだろう」

ペリーは目を開けると、アトランに向かって、ほとんどわからないほどわずかにうなずいてみせた。

＊

二十分後、竜巻の巨大な渦がメテモアに押しよせた。

集会場にいたトロナハエとギャラクティカーは、その轟音が高まるのを感じた。音は、厚い釉薬煉瓦《れんが》の壁をつらぬき、最高時速千キロメートルで回転する、飽和状態の竜巻の渦の水のごとく、耳に押しよせた。そのようすをレジナルド・ブルが通信で伝えてくる。時速千キロメートル。信じられない速さだ。世界的気象制御が完全に支配する前のアメリカ中西部の悪名高き〝竜巻街道〟では、最高時速八百キロメートルをうわまわった記録があることを知らない者にとっては。

オイルランプが揺れ、火が消えた。水が壁から飛びちり、床にたまる。それでも、トロナハエやギャラクティカーは、パニックや混乱におちいることはなかった。どうやら、〝砂漠の息子たち〟はこの種の出来ごとに慣れっこのようだ。一方、はるかに過酷な状況にこれまで耐えてきたギャラクティカーは、パニックに対する免疫がある。

十五分もしないうちに、静寂がもどった。壁から水が飛びちることはもうない。ただ床にはすでに、膝下《ひざした》まで水がたまっていた。オイルランプがふたたび点灯する。

メテモアは、まさに竜巻の〝目〟のなかにあった。直径数キロしかないちいさな穴のようなものだ。あたりを完全な静けさが支配する。それでも、この静寂の周囲では竜巻の渦が依然として回転していた。

轟音がふたたび高まると、竜巻はようやく去り、砂漠のどこか、あるいは海上で消滅する。

木製扉が開けられ、トロナハエとギャラクティカーが外に流れでた。

周囲はさまがわりしていた。竜巻がもたらし、建物の壁をつたって地面に流れおちた水は、数分もしないうちに氷点下で凍りついた。薄い雲の層をとおしてさしこむ恒星光が、すべてをどんよりした輝きでつつみこむ。

グッキーは鏡のように滑らかな氷の上で転びそうになった。テレキネシスで自分を支えなければ、あやうくひどい尻餅をつくところだった。

クオン・シュトレが、ギャラクティカー十名に近づいてきた。地面から四分の一メートルほど浮いているイルトを見て、口をぽかんと開けたまま、

「きみたちは全員、あんなまねができるのか?」と、ローダンに向かって訊いた。

「もちろん、グラヴォ・パックを使えばできるとも」テラナーはそう答え、トロナハエ

が〝穴に埋めた〟船をまさに大あわてで、ふたたび外に出すようすを見つめた。「なにか、われわれに伝えたいことがあったのではないか、クオン？」

「そうだ。ロクにいわれてきた」トロナハエが説明する。「兄はこれから、《クインタッロ》とほかのすべての船で砂漠に向かい、嵐のあいだにほかの村からメテモアに向かっていた船の残骸と生存者を探しにいく。その間、わたしはきみたちを〝偉大なる母〟に連れていき、われら種族がかつて生まれた星を案内しようと思う。よろしいか？」

「感謝する」ペリー・ローダンが応じた。「〝偉大なる母〟はどこにあるのか？」

クオン・シュトレは、南西をさししめした。

「あそこだ。徒歩で四時間以上はかからない」

「四時間だって？」レイター・ゲイツが叫んだ。ブリーによって主要部隊の同行者として選ばれた五名のうちのひとりだ。「それも徒歩で？　足が水ぶくれになっちまう！　スペース＝ジェットで送迎してもらえませんか？」

「理論的には可能だが」ローダンが応じた。「トロナハエ、とりわけメテモアのトロナハエには、われわれの宇宙技術をできるだけ見せたくない。だから、町の住民から見えなくなるまで徒歩で進み、それからブリーにスペース＝ジェットで迎えにきてもらうつもりだ」

一行は、そのとおり実行した。

　レジナルド・ブルが一行を乗せ、スタートすると、わずか一分もたたないうちに、高さ百メートル、基部の直径三百五十メートルほどのドーム型建物が出現。遠くから見ると、なんとなくテラの室内テニス場を彷彿させる。ダークグレイの地味な建物で、トロナハエの一般的建物同様、舷窓のような丸窓がある。

「〝偉大なる母〟だ！」クオンがうやうやしくささやいた。「怒りを買わないよう、できるだけ近づかないように！」

「ここで着陸してくれ、ブリー！」ローダンがきっぱりと告げ、クオンに向かって訊いた。「ロクは、われわれにここで待つようにいったのか？」

「そうだ」クオンが肯定した。「救助活動が終わったら、兄は〝六日間競技〟に向かうすべての砂漠船とトロナハエとともに、ここにやってくる」

「いいだろう！」ローダンが応じ、旧友に向かって告げた。「つまり、きみはわれわれを待たなくていいということだ、ブリー。偵察飛行をつづけてくれ、とりわけ、山中の。そして、呼びだしにそなえてもらいたい」

「ニンジン、持ってる？」グッキーが口をはさんだ。

　ブルが否定すると、イルトがいった。

「なら、《シマロン》に数キロとりにもどって、競技場まで持ってきてくんない？　グラディエーターの戦いを観戦するなら、なにかおつまみがないとね」

「いいとも、ちび」ブルはそう約束し、別れを告げた。

スペース＝ジェットが消えると、一行はドームに向かって歩いた。クオン・シュトレは〝グラディエーター〟という言葉の意味をたずねた。

アトランが説明すると、トロナハエは、なにかのジェスチャーをしながらいった。どうやら、嫌悪をしめすもののようだ。

「この惑星では、観客の攻撃感情を発散させるために、男たちがたがいに戦うことはない。〝六日間競技〟は血なまぐさいものではなく、力と技を競いあうスポーツ競技だ。それは暗い過去の記憶であり、トロナハエと〝山の民〟が戦いあい、その行為の無意味さに気づいたのち、祝祭と平和的競技で戦争を終結させたことを思いださせるもの。それ以来、競技会は六年ごとに開催され、平和を呼びかけている」

「まるで古代のオリンピックのようだな」アトランが不思議な輝きを目に宿していった。

その間、クオンとギャラクティカーたちは進みつづけた。ドームに到達すると、青銅でおおわれた木製扉が見えた。その両わきでは、肩にクロスボウをかついだトロナハエ二名が見張りに立っている。ほかに、〝偉大なる母〟周辺の砂地に人影はない。

クオンが命じると、見張りはハンドルをまわした。門扉が鎖で引っぱられ、レール上を滑っていく。

「ついてきてくれ」クオンがいい、開口部に足を踏みいれた。

ギャラクティカーはそのあとにつづいた。足もとには、重厚な深紅の絨毯《じゅうたん》が敷かれている。丸窓からドーム型建物内に光はほとんどさしこまず、とりわけ外側の厚いガラスは頻繁な砂嵐によって文字どおり磨かれたように擦りへっていた。壁に沿って五つの回廊がのび、その奥には何千ものオイルランプがならぶ。揺らぐ光が、幽霊船団乗員のだれもがあまりによく知る構造体に影を落とす。

それは、三つの部分に分かれた三胴船だった。船首にあたる部分は、遠くからはハンマーヘッドのように見える。長さは七十五メートルで、半分地中に埋もれていた。ウエストラインのようにくびれた中間部分は、およそ四十度の角度で上向きに七十五メートルほどつきだしている。円錐のようにうしろにいくにつれて細くなるシリンダー型の船尾は、長さ百五十メートル。中間部分のすぐうしろでぽっきりと折れ、地面に支えられていた。船尾にはガラスで縁どられたようなまるい弾痕があり、そこに高エネルギー・インパルス・ビームが命中したとわかる。

「これは残骸だ！　ハウ……」レイター・ゲイツは先をつづけようとしたが、口をぱくぱくさせただけ。アトランから肋骨に肘鉄を見舞われたのだ。

「これが、かつて空から降ってきた星で、ここからトロナハエの民が誕生したのだな！」アトランがきっぱりといった。「それ以外の何物でもない！」

レイターは、ここは反論しないほうが賢明だと悟った。なぜアトランがここまで断固として阻止したのか、わかるような気がする。自分がさらに話しつづければ、〝砂漠の息子たち〟の出自に関する伝説をだいなしにしかねない。

「そのとおりだ」クオンがアトランに向かっていう。「この星が、わが同胞種族を誕生させたのだ。あの開口部から、われらが祖先はやってきた」そう告げ、ゲートほどの大きさの弾痕をさししめした。

アトラン、ローダン、イルナは視線を交わした。もちろん、すぐに気づいていた。目の前に見えるのは、六百九十五年前まではハンガイ銀河を、その後は通常宇宙の局部銀河群の一部を横断した典型的ハウリ船の残骸だ。

とはいえ、わかっていた。それは、この発見における最重要事項ではない。もっとも重要なのは、中型インパルス砲のエネルギー・ビームが命中し、この宇宙船が恒星サンドラの第二惑星に墜落ないしは不時着したという明白な事実だ。

この事実、山に住む人間の存在、そしてサンドラとブガクリスという名前からは実際、ひとつの結論しか導きだせない。

トロナハエも〝山の民〟も、およそ六百九十五年前、サンドラ星系で生死をかけて戦い、その宇宙船とともに第二惑星に不時着した宙航士の末裔ということ。

それでも、これはトロナハエと〝山の民〟に告げてはならない事実だ。昔の敵意をふたたび呼びさましてはならない。さいわいにも、数世紀の経過とともに善隣関係に変わったのだから。

「さて、われらの星についてどう思う？」クオン・シュトレが訊いた。

「ただ賞讃するばかりよ」バス＝テトのイルナが答えた。「そして、あなたたちのような誇り高き過去を持つ種族には、輝かしい未来が待っているにちがいないわ」

　クオンは明らかにうれしそうだ。ゲストたちに〝砂漠の息子たちの星〟周辺を案内し、いくつか説明をくわえる。その後、競技場に向かう砂漠船の到着を待つため、ふたたびゲストとともに〝偉大なる母〟をはなれた。

8

二日後

砂漠船全二十七隻が、風力十二の嵐のなか、五十九の大きなドーム状の岩山にかこまれた場所に進入した。そこは南側だけが開いていて、竜巻に見舞われても、ある程度、安全な港を提供する。

ロク・ラヒー船長の説明によれば、ここは競技参加者の砂漠船用の港であり、船の乗員とハンググライダーに乗る〝山の民〟のための避難所でもあった。

もっとも、〝山の民〟はまだ姿を見せていない。ロクは、いますぐにでも到着するはずだといい、南方をさししめした。

肉眼では数百メートル先までしか見えないが、ピコシンがセランの探知装置を用い、耐圧ヘルメットの内側前面に特徴ある地形をうつしだす。バス＝テトのイルナのシントロスコープは、三十キロメートルほどはなれた卓状山地の頂上までとらえた。〝大砂漠〟の南に位置する大陸の半分は、卓状山地で占められているようだ。その頂上は標高八千メートルにいたる。

「渓谷は、強風から充分に守られているようだな」ペリー・ローダンが告げた。

「そうだが、われわれ〝砂漠の息子たち〟には湿度が高すぎる」ロクが応じた。「渓谷では快適にすごすことはできないが、非常に肥沃《ひよく》な土地だ。〝山の民〟はいくつかの渓谷を開墾し、広大な段々畑で食用植物を栽培している。ただし、ドラゴンがいるため……」

「ドラゴンですって？」イルナが訊いた。「わたしたちが砂漠で見たのと同じようなものかしら？」

「まさにそれだ」ロクが答えた。「だが、この惑星には多種多様なドラゴンが存在する。遺憾にも、山には獰猛《どうもう》な大型ドラゴンもいる。やつらは〝山の民〟の平和な暮らしをおびやかし、執拗に襲撃をくりかえす。〝山の民〟にゲリラ戦を挑んでいるようなものだ」

「ゲリラ戦だと？」アトランが興味津々《きょうみしんしん》なようすでくりかえした。「動物にそのようなまねができるわけがない。ゲリラ戦をするのは知性体だけだ」

「ドラゴンのなかには、ある程度の知性を持つタイプもいるからな」船長がためらいながら応じた。「おそらく、われわれや〝山の民〟が星から誕生する以前は、やつらがこの惑星を支配していたのだろう。〝山の民〟は天から降ってきて、この惑星の支配権をめぐってドラゴンと戦ったのだ」

「〝山の民〟も〝星〟から生まれたのか？」アトランが口をはさんだ。「その〝星〟も、きみたちの〝星〟同様に見学できるのか？」

「〝山の民〟も同じく星から生まれた」ロク・ラヒー船長が肯定する。「ただし、かれらの星はその後、海の底に沈んだといわれている。いつか、そこからふたたびあらわれるかもしれないが、この話は〝山の民〟の選ばれし者によって守られている秘密なのだ。もしくわしく知りたいなら、かれらに直接訊いてくれ」

ふたたび、ギャラクティカーは意味ありげな視線を交わした。もっとも、それは〝山の民〟が生まれたという〝星〟の伝説に関してだが。

イルナだけはちがった。

ほかのことを考えていたのだ。考えずにはいられない。ある程度の知性を持つドラゴンが存在し、〝山の民〟に対してゲリラ戦をしかけるだなんて。

タルカン宇宙の死の惑星パガルと、どうしても比較してしまう。そこには……たとえ操作されていたとしても……あらゆる訪問者をプシオン力で攻撃する精神集合体ハヌマがいた。

この惑星の知性を持つというドラゴンも、ひょっとしたらプシオン力があるのか？

それにより、プシオン力に敏感な知性体に〝死者の目〟の幻影を見せる、あるいはほかの方法で相手を恐怖におとしいれることが可能なのか？

疑問が次々と湧いてくる。

ブガクリスの〝山の民〟との対面が待ちどおしい。

もしかしたら、いくつかの喫緊《きっきん》の問題が解消するかもしれない。

「嵐はおさまりつつあるな」ラス・ツバイがいった。「視界が徐々によくなっていく。まるで晴天期が訪れるかのようだ」

「実際、そのとおりだ」ロクが応じた。「毎年同じ時期に、ここでは風がしずまり、快適な晴天が八日から十二日間つづく。〝六日間競技〟がこの時期に開催されるのは、そのためだ」

「わたしたち、そもそもそれを思いつくべきだったわね」ヌリア・ガイ・ツァヒディが、《クインタッロ》の司令塔から南方を見つめ、片手を目にかざしながらいった。「卓状山地が見えるわ……そして、そこからハンググライダー五機が飛んでくる！　山からおりてくるのよ！　そうやって、はるか昔、古代の狩猟の民は、大洪水を生きのびた山から汽水域の叢林《そうりん》におりてきたにちがいないわ！」

ペリー・ローダンはきまり悪そうに、

「そうなのか？」と、慎重に訊いた。

　サン人はテラナーを笑った。

「いまだにみんな、あなたがアメリカ生まれだということをおぼえています、ペリー。そこは、住民のほとんどが短い歴史のルーツしか持たない国。あなたたちは当時、先住民から多くのことを学ぶべきだった。かれらもまた独自の神話を持ち、シンボル、比喩、そして典型的イメージで祖先の進化を伝承していたのだから。それには理性では制御できない無意識の要素もふくまれています。わたしがいったことは神話学であり、ノアの方舟《はこぶね》と同じようなもの。それでも、わたしの精神的ルーツである狩猟の民の神話の一部なのです」

「はは！」グッキーが笑った。「缶詰の国！　それこそまさに、二十世紀のあんたの祖国が最適に表現された言葉だね、ペリー！」

　ローダンは床にすわりこんだ。からだがある種の痙攣《けいれん》に見舞われ、涙が頬をつたう。

「泣いているのですか？」ヌリアが驚いていった。「そんなつもりはなかったのに」

「あんたをからかっているんだよ、縮れっ毛」ネズミ＝ビーバーがいった。「でもって、あんたのことを、涙を流して笑っているんだ」

　ローダンは涙をぬぐいながら、

「きみをからかってなどいない、ヌリア」と、否定した。「そんなふうに思わないでくれ。もちろん、きみがわたしのことをどれほど無知だと思っていたかには笑わせられたが。本当は、このいたずらネズミについて涙が出るほど笑っただけだ」

「なんだって？」グッキーが怒って叫んだ。「ぼかあ、怒ったぞ！　爆発寸前だ！　自分の髪の毛、ぜんぶ引っこぬいてやる！」

「どうか、やめてちょうだい！」イルナがたしなめた。女アコン人はすでにシントロスコープを使い、数キロメートル先のハンググライダー五機を、ほんの二十メートル先まで〝引きよせて〟見ていた。「そんなことをしたら、やせ細ったイボイノシシみたいに見えるわよ。あなたを串焼きにして食べないよう、〝山の民〟を説得するのは大変だわ」

　イルトは驚いて跳びあがろうとしたが、イルナがきびしい声でつづけた。

「〝山の民〟がまもなく到着するのよ。ばかなことをいっている場合じゃないわ！　どうやってハンググライダーが空中に浮かんでいるのか、みんな、ちゃんと見て！　機体は空気力学的に完璧に設計されていて、操縦しているのは熟練者のようね。旋回方法を見た？　ハンググライダー五機すべてが同じ、ほぼ同一の重心移動をしている……それに、重力パルスグライダーと同じくらい空中で安定しているわ！」

「ああ、実際、たいしたものだ」アトランが認めた。イルナの情熱に感化されたようだ。

「《バジス》乗員だ！」ペリー・ローダンが誇らしげに告げた。

「乗員の子孫です」ラス・ツバイが真顔で訂正した。「もっとも、ハンググライダーとしては最高評価を受けるに値《あた》いしますね。かれらと話したくてたまらない。実際、七百年近くもたっているのですから、《バジス》乗員の孫、すくなくとも曾《ひ》孫にあたるはず」

　だれもなにもいわない。それは、かなうかもしれない、あるいはかなわないかもしれないただの願望にすぎなかった。

　言葉を発するかわりに、ギャラクティカーたちは《クインタッロ》の司令塔と岩垣を跳びだした。グラヴォ・パックを使い、地上すれすれに飛び、ピコシンが算出したハンググライダーの着陸地点に向かう……

＊

　ギャラクティカーが想像したほど、それは容易ではなかった。希望は、はかないシャボン玉さながら、たちまち消えうせた。

〝山の民〟は、ギャラクティカーを兄弟として歓迎するそぶりすら見せない。正反対だ。大いに不信感をいだいているらしい。もっとも、ギャラクティカーはすでにトロナハエと友好関係を築いていたため、宇宙の深淵からやってきた異人は、ともかく話し相手として受けいれられたようだ。

　ひょっとしたら、むしろそのほうがよかったかもしれない。これにより、ローダンとアトランは、〝山の民〟とのファースト・コンタクトを慎重に進め、当面は共通の出自についてほのめかしたりしないことにした。

のちに〝山の民〟の代表者との対話で明らかとなったように、《バジス》乗員の子孫にとり真実を受けいれることは精神的にまず無理だっただろう。というのも〝山の民〟の生活全般が、確固たる伝説にしがみついていたから。それは、過酷な生存条件下においては必要となる心のよりどころだ。

ますます多くの〝山の民〟が、退治したドラゴンの骨と飛膜でこしらえたハンググライダーで到着し、トロナハエとともに砂漠船のあいだの岩垣にテントを張る。外の砂漠にはサーキットがつくられ、射撃場が用意された。バス＝テトのイルナ、ラス・ツバイ、ヌリア・ガイ・ツァヒディは、トロナハエや〝山の民〟とともに、クロスボウ、投石機、原始的火器による射撃競技に参加。一方、ペリー・ローダンとアトランは、重要な邂逅《かいこう》を経験した。

革製テントで、〝山の民〟の一部族〝ジェット〟の最長老アンド・サラスと対面したのだ。〝山の民〟の歴史が徐々に解明されていく。

〝山の民〟は、環境と生活様式のちがいから多くのちいさな部族に分かれたらしい。それら《バジス》乗員の末裔は、南部の数千にのぼる卓状山地のあいだの、風が比較的おだやかで気候的に耐えられる谷に住む。

当初から、〝山の民〟はさまざまなドラゴンとの致命的戦いに直面したという。ドラゴンは風あたりの強い山の高い場所に生息し、そこから肥沃な谷の生態系と植物相に対する掠奪行為におよんだ。なかには、自分たちの縄張りへの侵入者を組織的に襲撃し、空から岩を落として原始的住居をまさしく〝爆破〟し、人々を谷領域の残忍な野生動物の魔の手に引きわたすドラゴンもいたらしい。

それでも、最終的には人間が勝利した。とりわけ、ドラゴンの骨と飛膜でハンググライダーをこしらえ、それを巧みに操縦するすべを学んでからというものは。

〝山の民〟は谷間や峡谷に、石づくりの要塞のような集落を建て、山の斜面をテラのような段々畑や牧草地に変えた。おもな家畜はクイモンと呼ばれる、ラマに似た山の生物で、その白い毛むくじゃらの革は実にあますところなく活用できる。ドラゴンを手なずけるのは、いかなる努力をはらっても至難のわざだった。たとえば、知能がカモメ程度の種類であろうと、飼いならすのは不可能だ。つねに拘束しておかなければ、囲いの壁に頭をぶつけたり、飛びおりて絶命することもある。

会話するさい、ローダンとアトランが〝テラ〟や〝銀河系〟といった言葉を使うと、長老は目をうるませた。どうやら、惑星ブガクリスの〝山の民〟は、《バジス》祖先の歴史のすべてを忘れてしまったわけではなさそうだ。

とはいえ、サラス自身はそれについてなにも知らないとわかる。ほかの〝山の民〟も古代歴史のこの部分については知らないようだ。

アンド・サラスは、〝テラ〟〝銀河系〟といった言葉は、『ログ』と呼ばれる本に書かれているといった。その本はテラニア山に住む部族〝テラの子供たち〟によって守られ、特別な機会に、特別に選ばれた者のみが閲覧可能だという。ローダンとアトランが『ログ』と呼ばれる本について知りたければ、〝テラの子供たち〟のコヴァル・インガードに直接連絡をとるようにいわれた。競技の参加予定者のひとりだそうだ。

もっとも、その者が到着するまで、アルコン人とテラナーは、いくつかの競技に参加するしかなかった。

すでに、ふたりは確信していた。惑星ブガクリスの〝山の民〟の身長は、せいぜい一メートル六十センチ。驚くほど力強く、タフであるにもかかわらず、華奢に見えた。肌は例外なく青白い。とはいえ、アルビノというわけでもなさそうだ。なぜなら、その目は黒く、肌、髪、目に色素が生成できないアルビノの特徴と矛盾するから。あるいは、一種のアルビノのようなものかもしれない。それを裏づけるのは、髪色がブロンドあるいはシルバーグレイであること。シルバーグレイの髪色は老人だけでなく子供にも見られることから、年齢とは関係がないといえよう。

年齢と平均寿命が話題にのぼると、ギャラクティカーはさらなる衝撃をおぼえた。〝山の民〟の平均寿命はテラ暦で六十歳。ときおり大きな逸脱が見られようと、なにも変わることはない。たとえば、アンド・サラスがほぼ百歳であっても、〝山の民〟の平均寿命にはなんの影響もおよぼさないから。

すくなくとも、ファースト・コンタクトは成功をおさめた。やがて、コヴァル・インガードが到着し、ローダンとアトランとの親密な会話にみずからくわわったとき、さらなる成果が見こまれた。

ところが、ギャラクティカーふたりがもっとも喫緊の問題に対する答えを得ないうちに、すべてに不吉な変化をもたらすような出来ごとが生じた。

卓状山地上空を巡回中のスペース＝ジェットから、レジナルド・ブルが連絡をよこしたのだ。

友の話では、卓状山地の山頂付近に竜巻が発生しているという。そもそも、気象学的にはありえない現象だ。おそらく、いまだかつて〝六日間競技〟の最中に発生したことはないだろう。

だが、それだけではなかった。

竜巻の目には、数百匹もの巨大ドラゴンが集まっていた。そして、その竜巻が北に向かって、つまり競技場に向かって進むと、ドラゴンたちもいっしょに運ばれる。翼をひろげると二十メートルを超える恐竜のような飛翔生物だ。

ローダンがトロナハエと〝山の民〟にこの情報を伝えると、かれらは口をそろえていった。それは〝殺し屋陛下〟と呼ばれる、〝砂漠の息子たち〟と〝山の民〟にとりもっとも知能の高い危険な敵だという。

　競技参加者と観客全員に対して警報が発せられた。トロナハエ、〝山の民〟、ギャラクティカーは岩壁の奥にかくれ、防御態勢をととのえる。

　もちろん、ギャラクティカーはコンビ銃をパラライザー・モードに切りかえた。倫理とモラルが、いかなる場合においても適切な手段を用いるようもとめる。技術的戦闘手段を持たない攻撃者に対して致命的武器は不要であり、その使用はモラルに欠けるとみなされていた。

　ペリー・ローダンと同行者たちは、この襲撃に比較的冷静に立ちむかうことが可能だと知っていた。必要とあればいつでも、パラトロン・バリアの保護下に〝撤退〟し、その保護下でホストに必要な支援すべてを提供できる。

　バス＝テトのイルナも同じ考えだった。

　それゆえ、竜巻と〝殺し屋陛下〟の襲撃直後に判明した事実に驚愕する。自分もほかのギャラクティカーもどうやら記憶を失い、その間に武器がパラライザー・モードからインパルス・モードあるいは分子破壊モードに切りかえられていた。

　その結果、撃退しただけでなく、すくなくとも二ダース以上の〝殺し屋陛下〟が命を落とした。

「理解できない」ペリー・ローダンが青ざめた顔でいう。「けっして、あってはならないことだ」

「わたしたちがしたはずはないわ」バス＝テトのイルナが応じた。

「どういう意味だ？」アトランが訊いた。

彼女が答えないうちに、ラス・ツバイがふたつの点に気づいた。

ひとつめは、非常に深い溝が〝戦場〟に生じていること。それは、スペース＝ジェットがインパルス砲で戦いに介入し、無意味な虐殺にさらに拍車をかけたことを明確にしめしている。ふたつめは、グッキーが姿を消し、通信シグナルに応じないこと。

「フェルマー・ロイドが必要だ！」アトランがいった。

「グッキーが応答しないなら、あいつを見つけだせるのは、かれだけだ。たのんだぞ、ラス」

ツバイはすでにテレポーテーションしようとしていたが、イルナがとめた。

「待って、ラス！　まず、わたしをブリーのスペース＝ジェットに連れていって！　それから、あなたが《ペルセウス》に行ってフェルマーを連れてくるあいだ、わたしはブリーといっしょになにが起きたのか、戦いのプロセスを再構築しようと思うの」

「そうよ、充分にお説教してきてください！」ヌリアが口をはさんだ。

「なんの権利があってだ？」ローダンがサン人をたしなめた。「われわれは自分たち自身のおこないについて、ブリーを責めることなどできない」

「わたしは殺していません」サン人が冷静に応じた。「矢は一本も欠けていないし、クロスボウとナイフ以外に武器は持っていません」

「それは、われわれのホストにはほとんど通用しないだろう！」ローダンは苦々しくそう告げると、こうべをめぐらせた。ロク・ラヒー、クオン・シュトレ、アンド・サラス、コヴァル・インガードが近づいてくる。ちょうど、すぐ目の前で立ちどまったところだ。コヴァル・インガードは、この場にいるほかのすべての〝山の民〟同様に、クイモンの毛を裏打ちした革で全身をつつんでいる。右手をあげると、鋭い口調でこう告げた。

「きみたちはスポーツマンらしく戦わず、無意味な殺戮をした。〝山の民〟もトロナハエもきみたちを軽蔑する。競技会は中止だ。参加者と観客は全員、帰途につくことにする」

コヴァル・インガードは背を向けると、仲間に向かって、ただちに出発するよう合図した。

ローダンとアトランは、驚いたように視線を交わす。すると、アトランがローダンだけに聞こえるようにささやいた。

「方法はただひとつだけ。われわれが臆病風に吹かれ、致命的武器を投入したわけではないと証明しなければ。武器と装備をここに置き、コヴァル・インガードのあとを追ってテラニア山に向かい、身の潔白を証明しよう。そうすれば、おそらく、七百年ほど前に起きた出来ごとに関する、くわしい情報を得られるだろう」

ローダンはうなずいて承諾の意をしめし、去っていく〝山の民〟を見送った。ラス・ツバイに向きなおると、たったいまアトランと申しあわせた計画について説明する。そして、テレポーターに、ここにいるほかのテラナー全員を宇宙船に連れかえるようたのんだ。

9

バス＝テトのイルナは、ブリーのスペース＝ジェットに向かうテレポーテーションの最中に〝顔〟を見た。

それは、あまりによく知るものだった。三つのからっぽの眼窩を持つ黒い塊り。とはいえ、いま起きたことは、自分がテレポーテーションでハイパー空間を通過するさい、未知の意識とペドコンタクトを持ったとしか説明がつかない。

たちまち、わかった。ドラゴンの攻撃を受けたさい、この異意識がプシオンの影響によって、ギャラクティカーの過剰反応を引きおこしたのだ。

突然、この意識がどこで見つかるか、わかった。

スペース＝ジェットの司令コクピットで再実体化すると、ラス・ツバイはほかの〝よぶんな〟偵察部隊のメンバーを連れてテレポーテーションをつづけた。レジナルド・ブルは、スペース＝ジェットのインパルス砲による介入について自分を責めている。すると突然、ネズミ＝ビーバーが姿をあらわした。

「ああ、よかったわ！」イルナが叫んだ。「いったいどこにいたの、グッキー？」

「巨大ドラゴンにさらわれたんだ」イルトが告げた。「もちろん、ぼくが抵抗しなかったからにすぎないけど。相手の考えを読んで、なだめようとしたんだ。残念ながら、ドラゴンは異人との平和な共存を望んでいないって、すぐにわかった。やつらは異人すべてを根絶するか、自滅させたいみたい」

「そんなばかな！」ブルが叫んだ。

「われわれの過剰反応同様ね」女アコン人は考えこむようにいった。つづいてグッキーに向かって、岩壁における不平等な戦いの結末について話し、こう告げた。「ひょっとして、あなたがアトランとペリーに合流すれば、ドラゴンと漂着者たちの仲をとりもつことができるかもしれないわ。わたしは《シマロン》にもどろうと思うの。その前に戦場をもう一度、見ておきたい。グッキー、連れていってもらえるかしら？」

「もちろんさ」イルトが保証した。「ぼかあ、あんたのためならなんだってするよ。知ってるよね」

「ええ」イルナはそう答え、手をさしだした。

次の瞬間、ふたりは戦場の岩山ふたつのあいだに実体化した。砂漠船はすでに出発したあとだった……競技場には、ただ砂に半分埋もれたシュプールと、五百メートルにおよぶ楕円形サーキットの境界石だけがのこされていた。

〝殺し屋陛下〟の死骸の上には何百もの〝貪欲なブラック・ドラゴン〟がたかっている……そして、岩山のはるか奥では、ペリー・ローダンとアトランが〝山の民〟のあとを追って南に向かうのが見えた。

「わたしのためなら、あなたがなんだってしてくれるってわかっているわ、グッキー」イルナがいった。「だからこそ、あなたといっしょにここにもどってきたのよ。ここからのみ、〝ブガクリスの死者の目〟がある場所の方向と距離が正確につかめるから」

「〝ブガクリスの死者の目〟だって？」ネズミ＝ビーバーが身震いしながらくりかえした。「イルナ、それってなに？」

「それがなにかはわからない」女アコン人が答えた。「ただ、わたしをそこに連れていってほしいの」

「問題ないさ」グッキーが威勢よく応じた。「ただし、あんたを危険にさらすつもりはないからね。すくなくとも、ぼかあ、あんたに加勢して死者の目と戦う。それがなんだろうと」

「まさにそれこそ、してほしくないことなの」イルナが懇願した。「直感が告げるのよ。死者の目と一対一で向きあうべきだって。これから、その場所を説明するわね……そしたら、わたしを連れてそこまでジャンプするのよ」

「あんまし恐がらせないでよ」イルトがささやく。「でも、約束は守るよ」

女アコン人は説明し……グッキーに連れられ、テレポーテーションした……

＊

男は死んだも同然だった。とはいえ、いま、マシンは男の意識を呼びもどさざるをえない。共同財産が脅かされ、マシン単独では効果的な対策を講じられないから。

男は蘇生すると、容器から出た。あやうく、そこが永遠の墓場になるところだったのだ。マシンが、しずかだが強く訴えかけるようなヴォコーダー音声で指示をあたえる。

一方、男は、かつての自分をとりもどし、追いもとめていた目標を思いだそうとした。

男は〝さすらいの騎士〟として、誓いをはたすために同胞種族の母星をはなれ、騎士道の厳格な教えにしたがって働き、仕え、戦うことを選んだのだった。その一環として、主君を選び、忠臣として仕える。〝さすらいの騎士〟としての期間が終了するまで。

ただし、騎士道の掟によれば、忠臣であることは盲従する家来や奴隷になることではない。恥ずべき命令にはしたがわず、危険がさし迫るときには、可能なかぎり敵を殺すことなく、つねに自己防衛と緊急救助にとどまるのが、騎士の名誉だ。

男は、同胞種族の母星と故郷銀河をはなれたが、忠誠を誓うにふさわしい主君を見つける幸運にはいまだ恵まれていなかった。

ある日、自分の騎士船がとてつもない衝撃波に見舞われ、自分が行動不能におちいったことについては、ただぼんやりとしか思いだせない。小型船は勝手にどこかに飛びさった。男を救助カプセルとともに嵐惑星の大気圏に投げだしたあと、永遠に姿を消したのだ。

救助カプセルが海の荒波にもまれ、大陸の荒涼とした岸辺に打ちあげられたのち、男は多かれすくなかれ精神錯乱におちいり、果てしない時間をさまよい歩いた。

生まれ故郷もまた極限惑星でなかったならば、生きのこれなかっただろう……それどころか、故郷では、この嵐惑星よりもはるかに高い重力が支配していた。

ところが、やがて冬が訪れ、周囲のすべてが凍てつく寒さと氷雪におおわれるなか、ただの偶然か、はたまた運命の導きか、男は山中で、完璧にカムフラージュされた古代基地を見つけた。そこにあるマシンは、ほとんどが機能しなかったものの、男を受けいれてくれた。

男はマシンの再生を一部助けた。とはいえ、その報酬として基地の支配権を得たわけではない。そのかわりに、深層睡眠状態におちいった。これは、ほんのわずかな体細胞で細胞分裂誘起物質を最小限に生成し、生活の一部の局面を一抹の意識に夢のように追体験させることを可能にする、エネルギー保存の精妙な一形態だ。

だから、男は実際に死ぬこともなく、精神錯乱におちいることもなく、必要に応じて完全に出動可能な状態にあった。

何世紀ものあいだ、その必要はなかった。

あるいは、数千年だったか？　男にはわからない。

ところが、あることが起こり、そのマシンだけでは対処しきれなくなった。異人がこの嵐惑星を占拠し、マシン自身がその守護者となることを選んだ生命を脅かしたのだ。

それゆえ、はじめてマシンは男を目ざめさせた。異人を排除するのに手を貸すという使命が、男にあたえられたのだ。

ところが、それは騎士道に反する行為だった。男はマシンからのその要求を拒否するほかなかった。

罰として、マシンは男をふたたび〝凍結〟させ、さらに深いエネルギー保存状態に置いた。そして、男のわずかな細胞分裂誘起物質を利用し、この嵐惑星で高度技術兵器を使用するすべての異人を恐怖と混乱におとしいれ、理性を失った反応を引きおこすように仕組んだのだ。

この行為は、男の騎士道とは比較的調和のとれたものだった。それゆえ、男はマシンを支援した。目の前でかすかに光る命の灯火が許すかぎり。

ところがいま、マシンの保護機能を見破った者がこの嵐惑星にあらわれた。基地を攻撃し、マシンを破壊しようとしている。

それが、男を覚醒させた理由だ。

男は、強大な敵に立ちむかい、共同財産を守ることができる唯一の存在だった。
男は決然と騎士の鎧《よろい》を身につけ、敵を打ちやぶるための武器を手にとった。

10

ふたりが再実体化したのは、険しい峡谷の底だった。草木のない、暗い壁が高くそびえたつ。

奇妙なグリーンの薄闇が周囲をつつんでいた。恒星は見あたらない。惑星ブガクリスのこの地域は、まだ昼下がりだというのに。

それでも、視界は比較的良好だ。身を切るような冷たい風が吹きぬけ、峡谷にとどまりがちな霧や雲を一掃していた。

「ここが本当にその場所なの？」グッキーがヘルメットの通信出力を最小にし、ささやいた。

「すくなくとも、すぐ近くのはずよ」バス＝テトのイルナが応じた。「ラスがわたしを連れてスペース＝ジェットにジャンプするさい、この峡谷をゼロ夢で見たの」

「それだけでも充分に怪しいよ」イルトがつぶやいた。「だれかのプシオン力によって、罠にはめられたって可能性はないの？」

「ありうるけれど、それはどうでもいいわ」女アコン人が応じた。「いったでしょ。わたしは〝死者の目〟とひとりきりで対峙《たいじ》しなくちゃならないの。ここで待っていてちょうだい、グッキー！」

「そうできるかどうかは、わかんないや」グッキーが答えた。「あんたが、特殊訓練と戦闘経験のおかげで、すごく危険な状況をいくつも乗りこえてきたってことは知ってるよ。けど、ここでは実際、敵についてほとんどなにも知らないじゃないか。〝死者の目〟っていわれても、ぼくにはなにもわかんないし」

「それだけではないの」イルナが応じた。「短いペドコンタクトのあいだ、〝パララクサム〟みたいな言葉が聞こえたの。もっとも、それは対戦相手の名前ではないかもしれないわ。むしろ、この惑星がブガクリスと呼ばれるようになるずっと前に、わたしの対戦相手をここで降ろしたなにかの名前かもしれない……そして、それは善意で行われたような気がするの」

「あんたの予感とか直感くらい、怖いものはないや！」ネズミ＝ビーバーがささやいた。

「だとしても、あなたにとってもわたしにとってもなんの役にもたたないわ」バス＝テトのイルナが応じた。

　女アコン人はイルトを立たせたまま、峡谷の奥深くに進んだ。周囲を警戒しながら、同時におのれの心の内を探ろうとする。このまったく未知と思われる危険に近づこうとしているのに、なぜ自分はこれほど自信に満ちているのか。

　あるいは、潜在意識が謎に満ちた〝ブガクリスの死者の目〟の手がかりを思いだしたのかもしれない。

　とはいえ、それがなんであるかはまったくわからない。

　アコン人エネルギー・コマンドの精鋭工作員としての任務で経験したなにかかもしれない……あるいは、カッツェンカットの姉のほんのわずかな記憶にのこっていたものかもしれない。イルナは、あやうく永遠にその精神と共生するところだったのだ。

　カッツェンカットの姉として生きていたときの記憶を思いだせば、パニックにおちいるかもしれない。それゆえ、その記憶を意識の奥底にひそむ影にすぎなくなるまで押しやった。

　これに成功したとき、汗びっしょりだった……すでに、峡谷のはずれに到達していた。すくなくとも高さ三百メートルの垂直の岩壁が目の前に立ちはだかる。

　どこかに通じる、かくされた入口の手がかりもない。

　ほかの生命体が存在するシュプールもない。

　振りかえると、遠くに自分の帰りを待つネズミ＝ビーバーのちっぽけな姿が見えた。

　それで、思いだした。グッキーは可及的すみやかにアトランとペリーのもとにわたしを送りとどけたいのだ。ドラゴンの山々における未知の危険から守るために。

だがそれは、この問題をかたづけないかぎり不可能だ。ここで優柔不断に立ったまま、時間をむだにしてはならない。

女アコン人は決意をかため、ゼロ夢に意識を集中させた。

＊

イルナはゼロ夢のなかで、左側の岩壁に巧妙にかくされた扉をすぐに見つけた……そして、自分を〝死者の目〟まで連れていく輸送フィールドに到達する方法もわかった。夢からふたたび目ざめるとすぐに、ベルトのホルスターからコンビ銃を抜く。カムフラージュされた扉を通りぬけ、輸送フィールドに足を踏みいれた。

次の瞬間、ホールのなかに立っていた。

すくなくとも、ここが閉じられた空間だとわかる。足を動かすと、足もとの床から発せられるわずかな音の反響が、四方八方、上からも聞こえた。

それでも、ホールの端が見えない。ライトグレイの霧が周囲をつつみ、視界は数メートルと利かないから。

さらに、セランに似たサヴァイヴァル・コンビネーションの探知機能も無効化されていた……ほかにもなにがあるか、わかったものではない。

イルナは待ちつづけたが、なにも起こらなかった。

女アコン人はみずから仕掛けてみることにした……あるいは試みようとした。このままっすぐ進めるとはとうてい思えなかったから。

「わたしはここにいるわ！」インターコスモで叫び、念のためハンゴル語でもくりかえす。「わたしを挑発する者がだれであろうと、びくびく陰にかくれていないで、正々堂々と戦うために出てきたらどうなの！」

数秒ほど、なにも起こらない。すると突然、霧が晴れた。

バス＝テトのイルナは、実際、ホールに立っていた……とてもひろい空間だ。とはいえ、その壁も天井も崩れかかっている。

すると、二十メートルほどはなれたところに立つ、不気味な黒い人影が見えた。

およそ身長三メートルの巨人だ。頑強そうな肩、がっしりした短い脚、長すぎる腕二本、球形の頭部。その顔には鼻がない。非常に細い口に、目が三つ。そのうちの中央の目は大きく、まるい。まるでキュクロプスのようだ。

キュクロプスは、黒い材質の、あるいは黒くコーティングされたセランに似たサヴァイヴァル・スーツを着用していた。テラの中世の騎士の鎧さながらだ。幅広のベルトの右側のホルスターには、シフト砲サイズのコンビ銃のようなものがある。ベルトの左側には、ホワルゴニウム・クオーツで飾られたインケニット製の鞘《さや》とそこにおさめられた、長さ二メートルほどの剣が見えた……そして右肩には、インケロニウムでコーティングされた直径一メートル半のまるい盾がうしろむきにかかっていた。

「偉大なるブラックホールにかけて！」女アコン人が叫んだ。「ナート人ね！」

　この叫びは、けっして軽蔑的なものではなく、むしろその逆だ。イルナは、アコン人エネルギー・コマンドのもと精鋭工作員として、そしてアコン人の支配的貴族階級の代表者として……ほかのたいていのアコン人や、そのほかの銀河系文明諸種族とちがって……旧暦二〇四四年、アルコン帝国のロボット摂政により奴隷化に終止符が打たれたのちの、ナート人種族の発展について非常にくわしく知っていた。

　怪物のような外見にもかかわらず、ナート人は非常に知識が豊富だ。ただ、数千年にわたる奴隷化により、それまで真価を発揮できなかっただけ。

　ナート人は自由をとりもどしたことにより、躍進を遂げ、自然科学、技術、経済分野で多大なる成功をおさめた。工業と貿易は拡大し、宇宙ハンザ時代の到来までにM-13星団とその近傍のおよそ百の恒星系に入植。そのさい、二・八G前後の重力を持つ故郷に似た惑星を植民地として好んだという。

　社会組織の政治的枠組みは一種の騎士文化であり、それにはナート人の生まれながらにしてロマンティックな性質が決定的に寄与した。この騎士文化には鉄則がある。

　貴族階級をめざすナート人は全員、包括的教育と訓練を受け、惑星ナートにおけるきびしい奉仕活動に従事したあと、すくなくとも二十年間、ナート連合の外で〝さすらいの騎士〟として試練に耐え、高貴な主君の忠臣として仕えなければならない。

これらすべてが、ナート人を目の前にしたとき、イルナの脳裏を文字どおり駆けぬけた。

次の瞬間、ナート人が平然と告げた。

「女アコン人だな」男は声高《こわだか》に、どなるように訊いた。「名をなんという？　なぜ、守るべき生命を奪うのか？」

「わたしはバス＝テトのイルナよ！」女アコン人が男に向かって叫んだ。「でも、この惑星で生命を奪ったのは、なにかがわたしの精神を乱したからよ。〝ブガクリスの死者の目〟が！　三つ目のナート人！　あなたはなんという名前なの？　そして、あなたの盾にはなにが描かれているの？」

「わが名はタヴール」キュクロプスはそう答えると、イルナに見えるよう、盾を振りまわしながらおろした。その前面に〝さすらいの騎士〟のシンボルが描かれている。

女アコン人はコンビ銃をベルトにもどすと、両手をあげた。ナート人に向かって、てのひらを見せながら告げる。

「あなたが〝さすらいの騎士〟ならば、つねに自己防衛と緊急救助の範疇《はんちゅう》にとどまり、手段の適切さを守るよう、騎士の名誉が命じるはず。それゆえ、わたしはあなたに訴え……」

その先はつづけられない。タヴールが剣……非常に鋭利なスーパーアトロニタル合金製の刀剣……を鞘から抜き、頭上で振りかぶると攻撃してきたのだ。

イルナは、ナート人のサヴァイヴァル・コンビネーションの装備についてかなりくわしく知っていた。男はパラトロン・バリア・プロジェクターを作動させていない。それゆえ、女アコン人も同様にする。イルナはわきに跳び、すばやく後方に身を投げると、左肩を軸にして転がった。そして、パラライザー・モードに切りかえたコンビ銃を両手でかまえながら、立ちあがる。

それでも、なんの役にもたたない。ナート人は不気味なほど迅速に動いていた。まったく傷つけることなく、女の両手からコンビ銃を剣で打ちおとすと、セランの右側を盾の膨らみで突いた。その下にアコン人の肝臓があるまさにその場所を。

その衝撃は致命傷を負わせるほど強烈ではないものの、豊富な血液で満たされている臓器の血管筋肉を痙攣させるには、充分な強さだ。そうなれば通常、ただちに昏睡のような意識障害におちいる。

イルナはこの効果を知っていた。そのような打撃から力を奪う訓練も受けている。電光石火のごとくからだを回転させ、ナートの盾の膨らみが自分の右側に触れるだけにとどめたのだ。

なにかが、セランにとりつけられたマイクロ装置を壊す音が聞こえたが、気にする余裕はない。右肩で盾をそらし、まだ反撃の用意ができずにいるナート人の顎を右の踵《かかと》で力いっぱい蹴りあげた。

その勢いは、超重族をも打ちまかすだろう。

ところが、ナート人はただあとずさっただけ。剣先が音を立てて床に当たる。

それでも、イルナにとり充分な時間稼ぎとなった。この間に、惑星ブガクリスに着陸したギャラクティカーの意図を告げ、カルタン人の奴隷商人とのちがいを説明する。さらに、もしこの秘密基地からの影響を受けてパニックにおちいり、精神錯乱にいたらなければ、ギャラクティカーが〝殺し屋陛下〟に向けて致命的武器を発射することはけっしてなかっただろうとも。

自分がなぜそう告げ、なぜすべての希望をこれに託したのか、正確にわかる……そして、それはまちがっていなかった。

女アコン人が話しおえたとき、ナート人はたちまち回復していた。極限惑星育ちの身体構造を持つだけのことはある。その表情だけで、イルナは相手の心情の変化が見てとれた。

「わたしはまちがっていた！」男は、頑強な胸郭から発する深い声でそう告げ、剣を鞘にしまうと、盾を右肩のうしろにかけた。「あのマシンに……とりわけ、マシンを支配する分子脳にだまされたのだ。そうとしか考えられない。あなたの言葉は完全に納得のいくものだから、バス＝テトの貴族」

　男はひざまずき、厳粛な声でさらにつづけた。

「バス＝テトのイルナ、わたしは惑星ナートの〝さすらいの騎士〟タヴール。これまで忠臣として仕えるべき主君を見つけられずにいた。どうか、わたしの高貴な主君になってもらえないか。忠臣としてあなたに仕え、騎士道と騎士の名誉に命じられるがまま、あなたのために戦うつもりだ」

　女アコン人は相手の前に立つと、その剣を鞘から抜き、柄頭《つかがしら》を男の右手に置いた。そして、率直にこう告げる。

「あなたの望みを受けいれます……そして、あなたの掟と名誉を尊重し、忠誠と服従をもとめます。あなたの〝さすらいの騎士〟としての旅が終わるまで」

「そうこなくては！」ナート人がうなり声をあげた。

　次の瞬間、イルナは身をすくませた。

「裏切り者！」背後から、劣化したヴォコーダー音声が叫んだのだ。「裏切り者！　おまえは殺すべきだった。なのに、そうせずに降伏した。だから、おまえは死ぬ……そして、この基地のすべてがおまえの道連れとなるのだ！」

　エネルギー放電がホールをつらぬいた。稲妻が床とナート人に向かってはしる。轟音が響きわたり、壁と床が揺れだした。

バス＝テトのイルナは気づいた。タヴォールが致命傷を負ったようだ。基地も崩壊しはじめている。おまけに、盾の衝撃ですでにひび割れていたペドトランスファー能力のプシトロン増幅装置が擦過弾を受け、残骸と化していた。

つまり、六次元ペドトランスファー能力が、数光年の行動半径に増幅されることはもうないということ。これからは、せいぜい千メートル圏内にとどまるしかないわけだ。もっとも、現況ではそれも無意味だ。ペドトランスファー能力を増幅したところで、瀕死のナート人と自分を安全な場所に運ぶことはできないだろう。

その瞬間、グッキーが隣りに実体化し、一瞥して状況を把握すると、イルナとナート人をつかみ、ジャンプした。同時に、基地が粉塵《ふんじん》と有毒な霧のなかに消えはじめる。

次の瞬間、三名はほの暗い照明の部屋に再実体化した。壁の奥には《カルミナ》のさまざまな大きさの蜂の巣形医療深層睡眠タンクがかくされている。

イルトは蓋をさししめし、それをテレキネシスで開けると、その奥で銀色に輝くタンクを見つめた。

「これはナート人にちょうどぴったりだよ」グッキーが断定する。「早く、かれをなかに入れて！　このタンクはクエリオン技術の賜物《たまもの》なんだ。死人だってそこに入れば生きかえるはず……でもって、あんたのナート人はまだ死んでないし」

タヴォールは中央の目を開けると、息苦しそうにあえぎ、独特の澄んだ声でつぶやいた。

「死なせてくれ！　〝さすらいの騎士〟はけっして、無力で無防備な姿を人目にさらすわけにはいかない」

「いいえ！」イルナが叫んだ。「そうはならない。わたしはあなたの主君であり、ほかのだれよりもあなたが名誉を守ったことを知っている……そして、隣りにいるイルトはわたしの最良の友で、わたし同様にだれにもなにもいわないわ」

「誓っていうよ！」グッキーが保証した。「いまのあんたは、イルナとぼくだけの秘密さ。ほかのみんなは、あんたがちゃんと自分の足で立てるようになってはじめて、あんたに会えるだろうよ！　だから、さっさとタンクに入んなよ！」

　ナート人がいわれたとおりにすると、女アコン人はグッキーを抱きしめて、いった。

「グッキー、わたしをここに置いたまま、アトランとペリーのところにジャンプしてくれないかしら。わたしは司令室に向かい、あなたがわたしを連れかえったとだけいうわ。わかった？」

「もちろんさ！」グッキーが感動したように応じた。「あんたのアトランを見守るとも、イルナ。でも、アトランもペリーも、ぼくたちの秘密を知ることはけっしてない」

　イルトが非実体化すると、女アコン人は長いこと六面角の蓋を見つめたままでいた。その奥では、ナート人が稼働中の医療深層睡眠タンクに横たわる。

　バス＝テトのイルナはタヴールが置いていった長さ二メートルの剣をひろいあげ、つぶやいた。

「これをあなたのために大切に保管しておくわね。あなたがタンクから出てきて、騎士の誓いをはたす日が待ちどおしいわ」

あとがきにかえて

若松宣子

今回、担当させていただいた前半は、七百年の時を超えて宇宙に放り出され、宙航士たちが仲間の状況を知るために宇宙をさまよい、十万個の瓦礫に遭遇するという話だ。このシリーズのスケールで考えると、ペリー・ローダンは一九三六年生まれ（！）で、不死の肉体を得て、今から二千年先の未来で活躍しているので、七百年間といってもそれほど問題にならなさそうだが、やはり船に乗る者たちにとっては、突然、家族と離れ離れになってしまい、家族がどうなったかもわからず、その子どもたちにも自分たちの記憶は残っていないというのは、精神的に大きなショックを感じることだろう。

　この突然、家族と分断されて会えなくなってしまうという状況は、時を超えるという要素がなければ、事故、戦争、さまざまなトラブルが想像され、またドイツの作品だということを考えれば、東西の分断も思い起こされる。一方、今回はやはり時も大切な要素なので、時を超えて未来の世界に到達してしまう話として「浦島太郎」を思いだした。いや、むしろ知能指数の高いテラナーたちのこの世界での運命を考えると、一九六八年のアメリカの映画『猿の惑星』だろうか。調べてみると映画のほうは船内の時間が一九七二年である一方、地球での時間は二六七三年になっていたということだった。両作品とも偶然にも約七百年後の世界に飛び込んだ者たちの姿が描かれている。こうした数字は昔話などでも三とか五とかの奇数が好まれるので、五百年では短すぎるし、千年では長すぎるといったところだろうか。いったいこの七百年間に、テラナーたちが生きる宇宙では何が起きたのか、続きが気になる。

「浦島太郎」に戻ると、乙姫は最後になぜわざわざ玉手箱を渡したのか、という疑問はだれもが感じるものだろう。昔話では、タブーを破ることから物語が展開することが多いことはわかるが、乙姫の動機がまったくわからない。亀を助けて竜宮城で少し楽しい思いをしただけなのに、なぜ家族と引き離され、老人になり、だれも知り合いのいない世界でひとり孤独に生きることを強いられなくてはならないのだろうか。

　あらためて考えると、気になることばかりだ。そこで三舟隆之の『浦島太郎の日本史』を読んでみた。すると、浦島太郎伝説には浦島子伝説という原話があり、『日本書紀』や『万葉集』にすでに記述があって、時代や場所によって様々な変化を遂げてきたことがわかった。さらに著者は現代の絵本もいろいろ確認していて、その中で母親の元に帰ろうとする浦島に乙姫が「困ったことがあったら開けなさい」といって、玉手箱を渡すバージョンがあって驚いたと記していた。ここで、わたしが知っているのもじつはこちらの形だったということを思いだした。これはテレビアニメの『まんが日本昔ばなし』を絵本にしたもので、思い返せば、家にも絵本があって何度もくりかえし読んでいた。また岩波文庫の『日本の昔ばなし』（関敬吾編）に収められた香川県仲多度郡の話でも、「開けなさい」と指示されているという。自分の生きる世界から離れた世界に降り立ち、途方にくれる浦島にとっては、老いるというのはある種の救いだという解釈なのかもしれない。

そもそもこの伝説は、古代、中世、近代でおよそ区別され、『日本書紀』のものでは、浦島子が釣りをしているときに大亀を釣ると、亀が人間の女になって現われ、ふたりは結婚して蓬萊山にいったという話になっている。ここには玉手箱はでてこない。一方、『万葉集』では、海神の乙女と出逢って結婚して不老不死の世界で生きられることになるが、三年後に父母に状況の説明をしにいきたいと浦島子がいい、海の女は、戻ってきたければ開けてはいけないといさめて箱を渡すが、途方に暮れた浦島子はそれを開けてしまい、年老いて死んでしまうという展開になっている。古代のものは男女の婚姻と裏切りがテーマになっているようだ。

その後、中世に『御伽草子』で浦島太郎という名前になり、亀の報恩、乙姫、竜宮城というモチーフが登場し、近代版の元となる形になった。ここでは釣った亀を助けて、その化身と結婚して竜宮城にいくが、やはり太郎が両親が心配だから家に帰るといい、箱を開けるなと禁じられて陸地に帰る。するとそこではやはり七百年のときが経っていて、太郎は絶望して箱を開け、老人になり、それから鶴になるという展開だった。

一方、現代の浦島太郎にもっとも大きな影響を与えたといわれるのが、明治二十九年の巌谷小波の『日本昔噺』で、ここで浦島太郎は子どもたちにいじめられている亀を買い取って助け、竜宮城に連れていかれる。そこで亀とは別に乙姫が現われ、最後はやはり七百年後の世界に戻り、開けるなといって渡された玉手箱を開ける。こちらでは伝説が子ども向けの昔話にされたため、婚姻のモチーフが排除され、いじめられる亀を救うという教育的なモチーフが挿入されたのが特徴的だ。この後、明治政府によって全国一律の教科書が作成され、「浦島太郎」も収録され、地域や時代によって多様だった話がひとつになって知られることになった。竜宮城で数日楽しく過ごしただけなのに老人になってしまう展開に感じられる理不尽さには、こうした教育的配慮があり、この形が学校の教科書として、さらにテレビアニメ、そして絵本によって現代の私たちの中でも生き残っているということが興味深い。こうして形を変えながら今も語り継がれているのはやはりこの物語自体にわたしたちを惹きつける大きな魅力があるからなのだろう。

林　啓子

本巻後半一四〇二話の翻訳を担当させていただくことになり、急遽、夏の予定を変更した。もっとも、酷暑の人混みを歩きまわるよりも、涼しい室内で〝ひねもすのたり〟パソコンとにらめっこのほうが、はるかに幸せだったかもしれない。

後半の舞台は、砂漠惑星。奇しくも、夏ドラマの視聴率争いでトップを独走した日曜劇場『VIVANT』では毎週、雄大なモンゴルの砂漠がわが家のテレビ画面を圧倒した。翻訳するときは、自然と映像が目に浮かぶ。今回のわたしの頭の中は、まさにゴビ砂漠の砂嵐と格闘する、ローダンと〝ゆかいな仲間たち〟でいっぱいだった。

砂漠船が登場する場面では、前帆《フォースル》やら船首斜檣《バウスプリット》やら横静索《シュラウド》やら、知らない船舶用語がならび、いつのまにか（すでに死語らしい）ネット・サーフィンの旅に出ていた。

ほかにも爆弾に関する記述がちらほらあり、ちんぷんかんぷんなわたしは、爆弾の構造としくみについてかなり詳細まで調べた。いま公安にパソコンを押収されたら、その閲覧履歴から〝シージャックをたくらむテロリスト〟確定だ。

アトランが、砂漠船に向かって思わず叫んだ「アホイ!」という言葉も当然気になり、いつものごとく盛大に〝より道〟してみた。どうやら、船乗りや海賊同士の挨拶や掛け声のようだ。その語源は、中世イングランドで牛追いに使われた「ホイ!」という掛け声に由来するらしい。

その隣国スコットランド生まれの発明家アレクサンダー・グラハム・ベルは、一八七六年、世界初の実用電話を発明し、アメリカで特許を取得。ベルは、「もしもし」のような電話で通話するさいの挨拶として「アホイ・ホイ」を使うよう提唱し、みずからこれを生涯かけて実践したという。ところが、のちにトーマス・エジソンが通話時の挨拶として「ハロー」を推奨したため、船乗りの挨拶に由来する「アホイ・ホイ」が電話で使われることは現在、ほぼなくなったようだ。

一週間ほど前、〝不明な発信者〟と画面表示され、携帯電話に着信があった。いつもなら完全スルーを決めこむが、なんとなく出てしまった。すると、受話器の向こうから「もしもし、オレ、オレ!」と、いう声が聞こえてくるではないか。

キター! わたしには「オレ、オレ!」と、電話をかけてくるような知り合いは、ひとりもいない。まちがいない! そう確信したわたしは、容赦なく一喝してみた。

「名を名乗れ！」すると、蚊の鳴くような声がする。

「啓一です……」

船上の父だった。ふだんは「オレ」とは決していわないのに。気分はすっかり、パイレーツ・オブ・カリビアンか……元気そうで、なによりだ。よくよく聞いてみると、「一度、いってみたかった」らしい。わたしも「名を名乗れ！」と、一度いってみたかったから、これでおあいこだ。

横浜に住む妹から「似たもの親子だね！」と、ライン・メッセージが届いた。

八月の出発時には、横浜港の大さん橋まで父を見送りに行った。船のプロムナード・デッキに立ち、にこやかに手を振る父と、ライン電話でたわいもない話をして笑った。

やがて、出航を知らせる銅鑼《どら》の音が響きわたる。遠ざかる汽笛の音。だんだん小さくなっていく船を目で追いながら、ふと涙がこぼれた。おそらく、これが最後の長旅となるだろう。どうか元気で、悔いのないよう思う存分、楽しんできてほしい。

二〇二三年十月十日　深まりゆく秋の東京にて

ジョン・スコルジー

老人と宇宙《そら》

ジョン・スコルジー／内田昌之訳

妻を亡くし、人生の目的を失ったジョンは、宇宙軍に入隊し、熾烈な戦いに身を投じた！

遠すぎた星　老人と宇宙《そら》2

ジョン・スコルジー／内田昌之訳

勇猛果敢なことで知られるゴースト部隊の一員、ディラックの苛烈な戦いの日々とは……

最後の星戦　老人と宇宙《そら》3

ジョン・スコルジー／内田昌之訳

コロニー宇宙軍を退役したペリーは、愛するジェーンとともに新たな試練に立ち向かう！

ゾーイの物語　老人と宇宙《そら》4

ジョン・スコルジー／内田昌之訳

ジョンとジェーンの養女、ゾーイの目から見た異星人との壮絶な戦いを描いた戦争ＳＦ。

戦いの虚空　老人と宇宙《そら》5

ジョン・スコルジー／内田昌之訳

コロニー防衛軍のハリーが乗った秘密任務中の外交船に、謎の敵が攻撃を仕掛けてきた⁉

ハヤカワ文庫

訳者略歴
若松宣子
中央大学大学院独文学専攻博士課程修了，中央大学講師，翻訳家
林　啓子
獨協大学外国語学部ドイツ語学科卒，外資系メーカー勤務，通訳・翻訳家

HM=Hayakawa Mystery
SF=Science Fiction
JA=Japanese Author
NV=Novel
NF=Nonfiction
FT=Fantasy

宇宙英雄ローダン・シリーズ〈701〉

廃《はい》墟《きよ》の王《おう》

〈SF2425〉

二〇二三年十一月 二十日 印刷
二〇二三年十一月二十五日 発行
（定価はカバーに表示してあります）

著者 アルント・エルマー
　　 H・G・エーヴェルス
訳者 若《わか》松《まつ》宣《のり》子《こ》
　　 林《はやし》啓《けい》子《こ》
発行者 早川 浩
発行所 株式会社 早川書房

郵便番号 一〇一 - 〇〇四六
東京都千代田区神田多町二ノ二
電話 〇三 - 三二五二 - 三一一一
振替 〇〇一六〇 - 三 - 四七七九九
https://www.hayakawa-online.co.jp

乱丁・落丁本は小社制作部宛お送り下さい。
送料小社負担にてお取りかえいたします。

印刷・信毎書籍印刷株式会社　製本・株式会社明光社
Printed and bound in Japan
ISBN978-4-15-012425-0 C0197